Helmut Zöpfl

Klassentreffen

Olaf Maxrath, Christian
Stobbe und Josef Zilch
in Freundschaft

Helmut Zöpfl

Klassentreffen

Erinnerungen aus meiner Kindheit

rosenheimer

Titelfoto und Foto auf dem Rücktitel: Privatbesitz des Autors
Satz: Buch-Werkstatt GmbH, Bad Aibling
Druck und Bindung: CPI Moravia Books, Pohořelice
Printed in Czech Republic

ISBN 978-3-475-53886-5

Inhalt

Gedanken vor einem Klassentreffen 7

»Rhabarber« war mein erstes Wort 10
Die ersten Schatten 12
Dem Winterhilfswerk verdankte ich mein Puppenhaus 15
Vom »Schulverweigerer« zum Pädagogen 17
Die Schule verliert ihre Schrecken 23
Auch Väter brauchen einen Schutzengel 29
Die Amerikaner kommen 32
Wie ich die »Schuster-Kath« zähmte 36
Jetzt gehe ich nicht mehr von euch fort! 40
Aller Anfang ist schwer – besonders beim Sport .. 44
Das neue Domizil in München – und das große Glück 48
Der Schulweg als Schule fürs Leben 52
Wie ich mich ins Ballspielen und in anderes verliebte 58
Erste »Ballerlebnisse« 63
Das Packerl 72
Unsere Nelly 75
Die »Hühnerfarm« 81
So erlebte ich die Währungsreform 84
Ein glückliches Weihnachtsfest 87
Fußball für Schlechtwettertage: das Schnippspiel . 90
Eine feierliche Erstkommunion in karger Zeit ... 94
Ein Stück von meiner Kindheit geht zu Ende 99
Meine Lieblingsfächer: Biologie und Religion 102
Von Orientierungsschwäche und Geräteturn-Phobie 110
Meine musikalische Laufbahn 113

Mein Zusammenstoß mit dem Göttervater 122
Fahrt ins Blaue mit Onkel Jakob 134
Besuch aus Amerika – und neue Erkenntnisse über meinen Vater 142
Meine doppelte Aufholjagd – in Griechisch und Sport 146
Meine »Stunde der Wahrheit« als Torwart 152
Pauken unterm »Zamperl« 154
Meine literarischen Neigungen erwachen 158
Revolution im Deutschunterricht 164
Die Pfarrei als zweite Heimat 169
Meine romantische Ader 173
Das Ende meiner Kindheit 176

50 Jahre danach – ein dankbarer Blick zurück und ein nachdenklicher nach vorn 189

Gedanken vor einem Klassentreffen

Vor vielen Jahren erzählte mir der Münchner Schriftsteller Sigi Sommer einen netten Witz über ein Klassentreffen. Ich habe ihn in ein bayerisches Gedicht umgesetzt, und mein Freund Wolfgang Schmid-Arget hat es vertont. Das Lied ist sogar öfter im Rundfunk zu hören gewesen. Noch heute rufen da und dort Leute an und fragen mich, ob ich davon noch eine Kassette hätte, denn bei ihnen stünde ein Klassentreffen an, und da wär's doch ganz nett, wenn man das Lied abspielen könnte.

Der Text lautet:

Am Straßrand steht a alter Mo
und fragt mi, ob er mitfahrn ko.
»Wohin«, so sag i drauf zu eahm,
»wo wolln Sie denn hingfahrn wern?«
»Fahrn S' oiwei gradaus auf der Straß,
im nächsten Ort trifft sich mei' Klass.«
»A Klassentreffen?«, frag i dann.
»Ja sagn S' amal, wia alt Sie san!«
Er drauf, als wenns'n wundern daad:
»I bin jetzt vieraneunzge grad!«
»Ja so was«, sag i, »gibts des aa?
Sagn S', wia vui san denn da no da?«
»Oh mei«, sagt er, »der Kreis is kloa.
De letztn Jahr war i alloa.«

Ganz so weit ist es bei mir nun noch nicht. Aber ich stelle mit einem Anflug von Wehmut fest, dass bald unser 50-jähriges Abiturtreffen ansteht. Ich erinnere mich noch genau, wie wir bei den großen Schultreffen, die das Münchner Theresiengymnasium damals schon regelmäßig veranstaltete und es heute noch tut, immer fast ehrfurchtsvoll auf die Jahrestafeln geschaut haben, die auf den Tischen standen. »Ui, schau hin, die haben vor 30 Jahren, die gar vor 40 Jahren und die – das gibt's doch nicht – vor 50 Jahren ihr Abitur gemacht.«

Klassentreffen sind etwas Eigenartiges. In den ersten Jahren sind sie manchmal so eine Art Leistungsvergleich auf allen möglichen Gebieten. »Der ist mit seinem Studium schon fertig. Der andere hat gar schon promoviert.« – »Weißt du, was der X schon verdient?« Auch das Familiäre wird natürlich angesprochen: »Der ist lange verheiratet, der hat schon zwei Kinder!«

In den ersten Jahren, manchmal auch später noch, werden Lehrer mit eingeladen. Und man wundert sich, dass sie sich in der Regel noch an die Klasse, ja sogar einzelne Schüler erinnern können, selbst wenn sie nicht einmal Klassleiter waren.

Die Zeit vergeht, und die Klassentreffen finden nicht mehr so regelmäßig statt. Da kann es dann bereits vorkommen, dass man bei dem einen oder anderen überlegen muss, wer er ist. Manchmal liegt das auch nur daran, dass sich bei ihm Haarausfall eingestellt hat und er die verloren gegangene Pracht durch einen kleineren oder größeren Bart kompensiert. Was das Private betrifft, erfährt man dann beiläufig, dass die eine oder andere Ehe bereits gescheitert ist. Ja, und vielleicht hat sich der Kreis sogar durch einen frühen Todesfall verkleinert.

Das Hauptgespräch dreht sich natürlich um früher. Ein paar haben Klassenfotos mitgebracht, und unweigerlich kommt dabei wieder irgendwann die Frage: Wer war denn das? Man versucht sich zu erinnern, was man von ihm noch weiß. Schließlich hat sich die Klasse im

Laufe der Schulzeit auch verändert. Wie viele sind damals schon nach den ersten Klassen des Gymnasiums weggegangen! Genauso sind viele dazugekommen, und so sind die, die von der ersten Klasse an dabei waren, in der Regel in der Minderheit. Bei mir waren es genau noch fünf Mitschüler.

Ja, und es wird viel erzählt. Manches weiß der eine, manches der andere besser. Begebenheiten, die man schon fast vergessen hat, fallen einem wieder ein, und man lächelt ein wenig melancholisch im Bewusstsein, wie schnell doch die Zeit vergeht.

Ich selber brauche im Anschluss an solche Treffen immer eine gewisse Zeit zum Verdauen. Was wird sein, wenn man sich das nächste Mal wieder sieht? Und vielleicht ist gar nicht mehr so weit hin, bis unser Kreis – die »Zehn kleinen Negerlein« lassen grüßen – wie in meinem Gedicht zusammengeschrumpft ist.

Jedes Klassentreffen ist eine Art Abschied. Und der Abschied ist nach Salvador Dalí die »Wiedergeburt der Erinnerung«. In zunehmendem Alter stellt man fest, dass es oft viel leichter fällt, sich an Ereignisse zu erinnern, die Jahrzehnte zurückliegen, als an die, die sich erst vor ein paar Tagen abgespielt haben. Das Kurzzeitgedächtnis wird schwächer, das Langzeitgedächtnis bleibt erhalten. Mein Gedächtnis ist eigentlich recht gut, wenn es um meine Kindheit geht. Bevor sich das vielleicht ändert, gehe ich nun daran, in meinen Erinnerungen zu kramen. Vielleicht interessiert ja das, was dabei zutage kommt, nicht nur meine Kinder, sondern auch andere Zeitgenossen.

»Rhabarber« war mein erstes Wort

Ich könnte mit dem Kalauer beginnen, den ich irgendwann einmal von einem Komiker gehört habe: »Als ich geboren wurde, war ich noch sehr jung.«

Nun, ich gebe zu, ich erinnere mich nicht mehr an meine Geburt. Aber – ob man es glaubt oder nicht – an einige ganz frühe Ereignisse meiner Kindheit. Meine Mutter und unsere Nachbarin, Maria König, für mich einfach die Marie – von ihr wird noch öfter die Rede sein –, waren verblüfft, wenn ich mit ihnen später darüber sprach. »Ja, weißt du das wirklich noch? Das gibt's doch nicht«, pflegte die Marie meist zu sagen.

Ich bin am 25.11.1937 in der Volkartstraße 50 in München geboren. Die Volkartstraße liegt in Neuhausen, einem westlichen Stadtteil. Obwohl das Rotkreuzkrankenhaus ganz in der Nähe liegt, zog meine Mutter eine Hausgeburt mit einer Hebamme vor.

Das Haus Volkartstraße 50 war ein altes vierstöckiges Mietshaus, das meinen Großeltern mütterlicherseits gehörte. Um genau zu sein, war aber dieser Großvater mütterlicherseits nicht mein leiblicher. Denn der fiel schon in den ersten Tagen des Ersten Weltkriegs und hinterließ eine junge Witwe mit drei Kindern. Meine Mutter Anni war das jüngste davon. Später hat meine Großmutter dann den Bäckermeister Hiergeist geheiratet – ich nannte ihn übrigens nicht Opa, sondern »Umpapa«. Mit ihm hat sie noch einen Buben bekommen: Onkel Lambert, meinen Taufpaten. Von ihm habe ich meinen zweiten Vornamen bekommen – den ich allerdings selten jemandem verraten habe, weil ich dann meist mit der Verhohnepiepelung »Lamperl« gehänselt wurde. Meinen Paten nannten dagegen alle nur Bertl.

Mein Vater war zum Zeitpunkt meiner Geburt in Spanien, kam aber zwei Tage später ans Wochenbett meiner Mutter. Sie lachen mich bestimmt aus, wenn ich behaupte, noch eine ganz dunkle Erinnerung an seine damalige Freude zu haben.

Meine wirklich ganz frühen Erinnerungen aber sind Realität. Ich lag noch im Kinderwagen. Meine Großmutter mütterlicherseits – die Eltern meines Vaters waren verstorben – beugte sich über mich und machte eine Ziege nach, indem sie »Mäh, mäh« rief. Ich glaube, sie tat das, um mich zu »tratzen«, zu hänseln. Jedenfalls begann ich zu weinen, und sie lachte. Komischerweise habe ich dieses »Mäh, mäh« noch immer in den Ohren.

Natürlich weiß ich von den ersten Monaten fast nichts mehr. Ganz verschwommen sind da noch ein paar Töne gespeichert, die bei den späteren Erzählungen meiner Mutter und der Marie immer wieder aufleuchteten oder anklangen. So weiß ich, dass mein erstes Wort nicht »Mama« oder »Papa« war, sondern »Rhabarber«. Meine Mutter kaufte einmal in der Volkartstraße im Obst- und Gemüsegeschäft der Frau Schreier ein, und ich sagte das Wort nach.

Als der Zweite Weltkrieg begann, war ich, wie man leicht nachrechnen kann, noch keine zwei Jahre alt. Gleich zu Beginn des Krieges wurde mein Vater nach Frankreich eingezogen. Ich weiß noch genau, dass ich immer sehr glücklich war, wenn er auf Urlaub kam und mir dann eine Kleinigkeit mitbrachte. Einmal bekam ich von ihm eine Mundharmonika. Da gibt es ein Bild, auf dem ich vor dem Radio sitze, sie an den Lippen habe und versuche, ein Lied mitzuspielen. Meine Mutter erzählte mir später, was das erste Lied war, das ich lernte:

»Die blauen Dragoner, sie reiten mit klingendem Spiel durch das Tor«. Im Radio waren damals immer mehr Kriegslieder zu hören, und manche davon geistern mir bis heute im Ohr herum.

Ganz genau erinnere ich mich noch an die ersten Bombenalarme. Es waren zunächst noch Probealarme. Irgendwann zur Abendstunde ertönten die Sirenen. Dann brachte mich meine Mutter in den Luftschutzkeller. Das war für mich eigentlich sehr erfreulich, denn ich brauchte nicht frühzeitig ins Bett zu gehen, und es waren die Kinder aus den Nachbarhäusern hier versammelt. Jedes hatte ein paar Spielsachen dabei, und wir verbrachten bis zur Entwarnung eine fröhliche Zeit. Meine Mutter erzählte mir später, dass ich gebetet haben soll: »Lieber Gott, lass wieder einen Bombenalarm kommen, damit wir einen schönen Abend haben.«

Die ersten Schatten

Bald aber wurde es ernst. In München schlugen die ersten Bomben ein. Bei einem Spaziergang mit meinen Eltern am Tag nach dem Angriff kam ich an einem Haus vorbei, das durch einen Treffer beschädigt worden war, und irgendwo hat es nach Brand gerochen. Ich sah den Schrecken in den Augen meiner Mutter und begann zu ahnen, dass Krieg etwas Furchtbares sein konnte.

Noch ganz genau erinnere ich mich an den Tag, als uns eine alte Bekannte besuchte, die Frau Frömke. Ich hatte sie bis dahin jedes Mal als einen sehr lustigen Besuch erlebt. An diesem Tag aber erschien sie in schwarzer Kleidung und hatte ganz rot geweinte Augen. Ich bekam nicht alles mit, was sie erzählte. Aber meine Mutter klärte mich, nachdem sie gegangen war, auf: »Oh Gott, weißt du, der einzige Sohn der Frau Frömke ist vor kurzem im Krieg gefallen.« Damals bekam ich zum ersten Mal dieses Wort »gefallen« zu hören, das uns dann im Verlauf des Krieges ständig begleiten sollte. Neugierig, wie ich immer war, fragte ich, was das bedeute. Meine Mutter erklärte mir, dass der junge Mann im Krieg gestorben war.

So wurde ich auch zum ersten Mal mit dem Wort »Sterben« und der Tatsache des Todes konfrontiert. Es ist für jedes Kind ein ganz einschneidendes Erlebnis, wenn es aus seiner fast paradiesisch todlosen Welt gerissen wird und von der Endgültigkeit erfährt, die unser Leben nun einmal hat. Ich weiß es noch ganz genau, wie ich weiter und weiter gefragt habe. Meine Mutter war ehrlich und machte mich mit der Tatsache vertraut, dass alle Menschen sterben müssen. »Heißt das, Mutti«, fragte ich besorgt, »dass auch du und Vati und die Marie sterben müssen?«

»Ja, wenn es einmal so weit ist«, sagte sie.

Ich war kaum noch zu beruhigen. »Aber da muss man doch etwas dagegen tun«, meinte ich. Und ich erinnere mich noch sehr gut, dass ich damals versuchte, aus allem Möglichen, was ich in der Küche vorfand, ein Mittel gegen den Tod herzustellen.

Ich formte aus dieser Mixtur ein paar kleine Kügelchen. »Da«, rief ich hoffnungsvoll, »iss es, Mutti, ich habe Tabletten gegen den Tod erfunden.«

Von da an tauchten immer wieder kleine Schatten in meiner Kindheit auf, die mit dem Gevatter Tod zu tun hatten.

Ich wurde in dieser Zeit zum ersten Mal ernsthaft

krank. Mein Vater war noch immer im Krieg, da bescheinigte mir unser Hausarzt Dr. Bapst, dass ich Scharlach hätte.

Ich erfuhr die Krankheit nicht als schmerzlich, weiß lediglich noch, dass ich irgendwelche Flecken auf der Haut hatte und nicht aus dem Zimmer durfte. In der Zeit habe ich mich viel mit meinem Lieblingsspielzeug beschäftigt, den Baustöckln. In einer kleinen Kiste lagen die verschiedensten Bausteine, die ich stundenlang zu Häusern oder Burgen zusammenbaute. Dann ließ ich einen Bombenangriff kommen, und ein Flieger warf ein Bauklötzchen auf die eben erstellten Bauwerke, die mehr oder weniger beschädigt zusammenstürzten. Ich habe dann die »Verletzten« geborgen und wieder mit dem »Neuaufbau« begonnen.

In die Zeit meines Scharlachs fiel nun auch wieder ein wirklicher Bombenangriff. Meine Mutter war zunächst ratlos, denn ich durfte ja wegen der Ansteckungsgefahr nicht unter die Leute. Aber konnte man uns deswegen den Zugang zum Luftschutzkeller verwehren? Schließlich lösten meine Mutter und die Marie das Problem so, dass sie mich in viele Decken wickelten, bis mein Kopf kaum noch herausschaute. Dann setzten wir uns in die entlegenste Ecke des Kellers. Die Marie hatte mir ein paar kleine Papierschiffchen gefaltet, mit denen ich spielte.

Apropos Spielsachen. Natürlich war im Krieg Spielzeug knapp geworden, aber mein Vater brachte von Frankreich immer eine Kleinigkeit mit, kleine Autos, Flieger, Figuren, die meine Spielkiste auffüllten. Dazu kam der Teddybär von meiner Mutter, den ich noch immer besitze. Er ist unendlich oft geflickt worden und besteht heute mehr aus Flickwerk als aus seinem ursprünglichen Fell.

Und es gab auch noch eine merkwürdige Puppe, die nur mit viel Fantasie als solche zu erkennen war. Meine Großmutter, die offenbar in solchen Dingen keine große Künstlerin war, hatte sie zusammengenäht. Ich hatte diese Puppe Monika getauft. Jedes Mal, wenn meine Oma zu Besuch kam, hörte ich von ihr den seltsamen, mir bis heute rätselhaften Spruch: »Monika, Ogschwister ha«.

Dem Winterhilfswerk verdankte ich mein Puppenhaus

In meinem ersten Freundeskreis gab es zunächst nur Mädchen. Im Haus wohnte außer mir nur noch ein einziges anderes Kind: die Böhm-Traudl. Sie war drei Jahre älter als ich und die Enkelin unseres Hausmeisterpaares Böhm, das eine Strickerei betrieb. Manchmal besuchten mich noch die zwei Töchter meines Onkels Hans, die Anneliese – sie war drei Jahre älter als ich – und die Hildegard, die nur ein Jahr älter war. Später kam noch die Lieselotte – wir nannten sie einfach Lilo – dazu. Wir spielten vornehmlich Puppenhaus und Puppenküche. Die Böhm-Traudl hatte von ihrer Mutter (vielleicht war es auch die Großmutter) ein kleines Puppenhaus geerbt, um das ich sie sehr beneidete. So kam ich eines Tages auf die Idee, dass ich das kleine hölzerne Vogelhäuschen auf unserem Balkon zum Puppenhaus umfunktionieren könnte. Meine Mutter hatte nichts dagegen, und ich suchte in meiner Spielzeugkiste nach passenden Gegenständen, um es zum Puppenhaus einrichten zu können. Dass aber etwas Vernünftiges daraus wurde, verdanke ich einem anderen Umstand. Damals wurde immer wieder für das sogenannte Winterhilfswerk gesammelt. Für eine Spende erhielt man anstatt der heute meist üblichen Ansteckzeichen ein winzig kleines Puppengeschirr. So sind meine Mutter und ich immer wieder die Landshuter Allee auf und ab gegangen und haben nach den Leuten mit der Sammelbüchse Ausschau gehalten. Mit ein paar Mark Spenden bekamen wir eine kleine Sammlung von Tellern, Tassen, Kannen, und was man sonst noch so brauchte, zusammen. Wie stolz war ich, beim nächsten Spiel mit der Böhm-Traudl auch etwas einbringen zu können!

Apropos Landshuter Allee. Dort steht die Kirche St. Theresia, in der ich getauft wurde. Wenn mein Vater Urlaub bekam, führte uns meist unser erster Weg in dieses Gotteshaus. Das Schönste war darin für mich die kleine Kapelle hinter Glas, aus der beim Einwurf von 10 Pfennigen das Christkind mit Gebimmel herauskam, einen Halbbogen beschrieb und wieder hinter der Tür verschwand. Kaum hatte ich meinen heiß ersehnten Vati mit vielen Bussis begrüßt, klopfte ich schon an seine Hosentasche, von der ich wusste, dass da ein paar Zehnerl für diese Zeremonie bereitlagen.

Überhaupt sind die schönsten, aber auch traurigsten Erinnerungen an meine frühe Kindheit die an die Kurzurlaube meines Vaters. Schon beim Kommen zählte ich bang die Tage, wie lange es wieder bis zum Abschied dauern würde. Ich habe Überlegungen angestellt, wie ich meinen Vater festbinden könnte. Vielleicht mit Hilfe der großen, stabilen Strickmaschine bei den Böhms? Wie mir zumute war, davon erzählt ein Foto aus dieser Zeit: Ich sitze auf einer kleinen Nachbildung einer Gans am Winthirplatz mit Tränen in den Augen, weil mein Vater in ein paar Stunden nach Frankreich zurück muss.

Beinahe hätte ich meine erste große Sammelleidenschaft vergessen. Da in der Kriegszeit nur wenige Bilderbücher erhältlich waren, kannte ich die vorhandenen paar bald in- und auswendig. Es waren der Struwwelpeter, Max und Moritz und das Gegenstück dazu: Lies und Lene. Gierig stürzte ich mich auf alle neuen Bilder. Da entdeckte ich eines Tages in der Zeitung eine äußerst lustige Figur. Es war der Kohlenklau. Die Kohlenklau-Bilder sollten die Bürger darauf aufmerksam machen, dass sie sparsam mit den immer knapper werdenden Energiereserven umgehen mussten. Für mich aber waren sie begehrte Sammlerstücke. Voll Spannung blätterte ich in allen mir erreichbaren Zeitungen und schnitt jede neue Kohlenklau-Folge begeistert aus. Die kleine Papiermappe mit diesen Schätzen hütete ich wie meinen Augapfel.

Vom »Schulverweigerer« zum Pädagogen

Ja, und irgendwann kam ich in das Alter, in dem meine Mutter mir anvertraute, in einem Jahr müsste ich zur Schule gehen. Natürlich war ich mangels Angebot in keinem Kindergarten gewesen. Der Gedanke, dass meine bisherige Kinderwelt zerstört werden sollte und ich jeden Tag ohne meine Mama an einem Ort fern von zu Hause verbringen sollte, brachte mich aus dem Gleichgewicht. Immer wieder erklärte ich, dass ich auf gar keinen Fall in die Schule wolle. Mit dem Ergebnis, dass meine Mutter und die Marie mit allen möglichen

Mitteln versuchten, sie mir irgendwie schmackhaft zu machen. Sie dachten sich die lustigsten Geschichten aus und malten mir in buntesten Farben aus, welche Freuden mich dort erwarteten. Vergeblich. Schon der Gedanke an diese fremde Welt ließ meine Tränen kullern.

In dieser Zeit geschah etwas, was wir nie zu hoffen gewagt hätten: Mein Vater wurde plötzlich von Frankreich in die Heimat zurückberufen. Er war Waffentechniker und sollte sich im Erdinger Fliegerhorst um die Flugabwehr kümmern. Als meine Mutter diese Nachricht erhielt, war gerade die Zeit der Schuleinschreibung. Ich hätte in die Schule am Dom-Pedro-Platz gehen müssen. Meine Mutter beschloss, beim Rektor vorstellig zu werden und mich, wo ich doch ohnehin am Jahresende geboren war, zurückstellen zu lassen. Selbstverständlich sollte ich sie bei diesem »Gang nach Canossa« begleiten. Nur mit größten Überredungskünsten brachte sie mich zunächst dazu, mitzugehen.

Der Weg führte durch die Landshuter Allee, die damals noch wirklich eine Allee war und noch nicht wie heute eine der meistbefahrenen Straßen in Deutschland. Mitten in dieser Allee bekam ich einen Anfall vorher nie gekannten Widerstandswillens. Meine Mutter versuchte es mit Schimpfen, mit Engelszungen, wieder mit Schimpfen. Alles vergeblich … Ich ging keinen Schritt weiter und setzte mich auf die nächste Bank. Meine Mutter resignierte und machte sich allein auf den Weg. Nach längerer Zeit kam sie etwas verstört zurück und nahm mich wortlos bei der Hand. Zu Hause erzählte sie mir dann, dass der Rektor der Schule ganz empört auf den Wunsch nach meiner Zurückstellung reagiert habe. Er habe gesagt: »Meinen Sie, dass unser Führer seinen Krieg gewinnen könnte, wenn alle Mütter dächten wie Sie?« Bekanntlich hat er ihn dann auch ohne meine Mitwirkung verloren.

Ich verlasse hier kurz diese Zeit, weil ich viel später nochmals mit dem gleichen Mann konfrontiert wurde. Vor ein paar Jahren bat mich ein Studienfreund, der inzwischen Schulleiter in der Dom-Pedro-Schule geworden war, ich möchte zu einer Jubiläumsfeier einen kleinen Vortrag halten. Als ich das getan hatte, zeigte er mir eine Chronik der Schule mit all seinen Vorgängern. Gespannt suchte ich das Jahr meiner Einschulung. Aber ich entdeckte in der besagten Zeit nur eine größere Lücke. Ich fragte meinen Freund, wie denn der Mann geheißen habe, der damals die Schule leitete.

»Weißt du«, sagte er etwas verschämt, »wir haben herausgefunden, dass das ein ganz penetranter Nazi war. Und so haben wir auf ihn in unserer ehrenvollen Chronik verzichtet.«

Damals wurde ich schließlich trotzdem zurückgestellt, denn wir zogen eilends an die neue Arbeitsstelle meines Vaters nach Erding, und dort entsprach man der Bitte meiner Mutter sofort.

In Erding begann für mich eine sehr bewegte Zeit. Wir bewohnten – unsere Münchner Wohnung gaben wir übrigens nicht auf – ein winziges Quartier in der Wäscherei Stadler in der Münchner Straße. Es bestand aus einem kleinen Zimmer unter dem Dach, einer Küche von etwa zwei Quadratmetern und einer genauso großen Abstellkammer. Toilette und eine uralte Badewanne befanden sich ein Stockwerk tiefer und wurden außer von uns noch von der zweiten Mieterin, der Frau Hupfer mit ihrer Tochter Irmgard, benutzt. Irmgard war zwei Jahre älter als ich.

Unsere Vermieterin war die Frau von Alfons Stadler,

der eigentlich der Besitzer der Wäscherei war. Ich sage »eigentlich«, denn in diesem Haus hatte eindeutig sie die Hosen an. Frau Stadler war eine sehr resolute Person, mit der gar nicht gut Kirschen essen war. Mein Vater in seiner liebenswert diplomatischen Art verstand es aber bestens, sie immer bei guter Laune zu halten.

Herr Stadler hatte auch noch einen Bruder. Ferdinand war etwa 25 Jahre alt und leider auf der geistigen Entwicklung eines etwa fünfjährigen Kindes stehengeblieben. Irgendwie habe ich mitbekommen – verstand es allerdings erst später so richtig, was das bedeutete –, dass er als kleiner Bub eine Gehirnhautentzündung bekommen hatte und seitdem behindert war. Der Ferdinandi, wie ihn alle nannten – auch er sich selber –, war ein unglaublich liebenswertes Wesen. Er verrichtete in der Wäscherei ganz einfache Dienste, aber dies mit einer enormen Ausdauer. Von aller Herrgottsfrüh an bis in die Abendstunden stand er vor dem Prunkstück der Wäscherei, einer großen Mangel. Durch diese ließ er die Wäschestücke laufen und legte sie dann mit größter Genauigkeit zusammen.

Der Ferdinandi wurde zu meinem ersten Freund in Erding. Am Wochenende spielte er in seiner kargen Freizeit mit dem wenigen Spielzeug, das ich besaß, geduldig und mit größter Hingabe. Als ich dann in die Schule ging, fasste ich den Plan, dem Ferdinandi Lesen und Schreiben beizubringen, denn ich hatte erfahren, dass er weder das eine noch das andere konnte.

Zum Weihnachtsfest hatte ich damals etwas Großartiges bekommen. Ich weiß bis heute nicht, wie es mein Vater geschafft hatte, aber neben dem Christbaum stand eine kleine schwarze Schultafel, und sogar ein paar Kreiden waren dabei. Offensichtlich zeigte sich schon damals mein Interesse für Pädagogik. Unter der Woche gab es zum Unterricht allerdings nur wenig Möglichkeit, denn der Ferdinand blockte meine »Lehrangebote« fast immer pflichtgetreu mit dem Ausspruch ab: »Ferdinandi muss erst arbeiten!«

In Erding wurden die Bombenangriffe immer mehr. Weil sich dort der sogenannte Fliegerhorst befand, war diese Stadt ein bevorzugter Zielpunkt von Luftgeschwadern. Zunächst hatten wir zwar noch Glück, und es kam zu keinen größeren Angriffen; wir wurden lediglich immer wieder aufgefordert, die Luftschutzkeller aufzusuchen, wenn die Bomber im Anflug waren. Das spielte sich folgendermaßen ab: Im Radio erschollen plötzlich Kuckucksrufe, und es wurde gemeldet, wo sich die Flieger befanden. Wir alle hatten eine Art Landkarte erhalten. Darauf waren konzentrische Kreise eingezeichnet. Wenn die Flugzeuge in den kleinsten Kreis um München und Erding einflogen, bedeutete das akute Bedrohung. Wenn der Ort Laibach genannt wurde, wussten wir, dass sich das Geschwader bereits nahe der deutschen Grenze befand. Als ich nach Jahren einmal auf einer Reise durch Slowenien fuhr und nach Laibach kam, überkam mich im Nachhinein noch eine Gänsehaut.

Man musste eigentlich Tag und Nacht mit Luftangriffen rechnen. So stand meine Mutter immer parat, um mich beim ersten Kuckuck mit ihrem Rad, auf dem ein Kindersitz montiert war, von der Schule abzuholen. Meine Mutter ging nur ungern in den Luftschutzkeller unseres Hauses. Sie sagte immer, falls einmal eine Bombe das Haus treffen sollte, würde wohl als Erstes die zentnerschwere Mangel, die über dem Keller stand, auf uns herunterstürzen und uns alle erschlagen.

Es gab in Erding auch noch einen allgemeinen, für

alle zugänglichen Bunker, den Lemplkeller, der unter einem Hügel eingegraben war und als der sicherste galt. Meine Mutter und mein Vater – er fuhr bei den ersten Sirenen eilig von seiner Arbeitsstelle los und tauchte mit seinem Rad bei uns auf – bevorzugten aber eine andere Lösung. Sie fuhren mit mir ein paar Kilometer zu einem uns befreundeten Bauern nach Sonnendorf. Dort gab es zwar keinen Luftschutzkeller. Aber die Wahrscheinlichkeit, dass ein Flieger über dem abseits gelegenen Hof eine Bombe abwerfen würde, war mehr als gering. Trotzdem ermpfand ich es als sehr gruselig, wenn wir ohne Schutz die silbern glänzenden Flugzeuge anfliegen sahen. Bis heute habe ich auch noch das seltsame ferne Fluggeräusch in den Ohren.

Manchmal erlebte ich auch ein merkwürdiges Schauspiel. Die Flieger warfen im ganzen Umkreis lamettaähnliche Silberstreifen ab – um die Radarbeobachtung zu stören, wie man mir sagte. Ich hatte in meiner Sammelleidenschaft eine Tüte davon gesammelt. Da kam das Gerücht auf, dass diese Streifen vergiftet wären. Das stimmte wohl kaum, aber meine Mutter warf das Ganze vorsichtshalber in die Aschentonne.

Waren die ersten »Besuche« der Flieger in Erding und Umgebung zunächst ohne Bombenabwürfe geblieben, so sah es in München anders aus.

Eines Sonntags, als wir gerade von der Kirche zurückkamen, wurde mein Vater von der Frau Stadler ans Telefon geholt. Er kam nach ein paar Minuten mit der Nachricht zurück, dass unser Haus in der Volkartstraße 50 total ausgebombt war. Den Leuten im Keller, auch der Marie, war nichts passiert. Aber unser ganzer Besitz, den wir auf Grund der Beengtheit unseres Erdinger Domizils noch in der Wohnung gelassen hatten, einschließlich meiner Spielsachen und meines fast neuen kleinen Fahrrads, war zerstört.

»Und unser Hansi?«, fragte ich, den Tränen nah. Der Hansi war unser Kanarienvogel, den wir der Umstände halber der Marie anvertraut hatten. Mein Vater schaute traurig. Und ich wusste, dass mein so geliebter gelber Gefährte ebenfalls ein Bombenopfer geworden war. »Vielleicht ist er aber auch noch rechtzeitig weggeflogen«, tröstete mich Vater. Aber so recht glauben konnte ich es nicht.

Im Übrigen nahmen meine Eltern die Hiobsbotschaft erstaunlich gelassen auf. Mein lieber Vater sagte ein ums andere Mal: »Die Hauptsache ist doch, dass wir noch leben und uns lieb haben.« Er umarmte meine Mutter und mich immer wieder.

»Sei nicht traurig, Helmut, alles lässt sich ersetzen. Du wirst bestimmt wieder neue schöne Spielsachen bekommen. Irgendwann geht dieser schreckliche Krieg bestimmt zu Ende.«

»Gewinnen wir den Krieg, Vati?«, fragte ich unvermittelt. Er aber schaute nur sehr nachdenklich und sorgenvoll.

Die Schule verliert ihre Schrecken

Im September des Jahres 1944 war es dann so weit. Es ließ sich nicht mehr vermeiden, ich musste in die Schule. Ich wusste zwar genau, wo sich die Erdinger Knabenschule befand, hatte bei gelegentlichen Spaziergängen aber immer einen weiten, respektvollen Bogen um das Gebäude gemacht; und das, obwohl sich meine

Eltern immer bemüht hatten, mir die Schule so angenehm wie möglich nahezubringen.

Zwar weiß ich nicht mehr, wie meine Eltern es geschafft hatten, mir einen Schulranzen zu verschaffen. Aber ich erinnere mich noch genau, dass meine Mutter ein grünes Kostüm opferte, damit ich einen kleinen Anzug für meinen ersten Schultag zusammengeschneidert bekam.

Der Morgen für diesen schweren Gang war also gekommen. Meine Mutter erinnerte mich nochmals, wo meine linke und rechte Hand war. Interessanterweise brachte ich oft links und rechts durcheinander. Vielleicht bin ich meiner Veranlagung nach Linkshänder. Nur wurde damals beim Schreiben darauf natürlich keine Rücksicht genommen. Zur Sicherheit malte mir mein Vater eine Art Uhr auf das linke Handgelenk. »Merk dir, dass du mit der anderen Hand schreiben musst«, ermahnte er mich noch. Selbstverständlich hatten die Kinder in der Regel keine Uhr. Die bekam man, wenn alles gutging, zur Firmung geschenkt. Ich habe mich oft gefragt, wie wir Kinder es damals geschafft haben, ohne Uhren pünktlich zu sein. Aber es ging immer gut. Wir hatten dadurch nebenbei noch ein gutes »Kommunikationstraining«, denn wir waren eben gezwungen, hin und wieder einen Erwachsenen zu fragen: »Entschuldigen S' bitte, wie spät ist es denn?«

Vielleicht hat es uns damals auch einen gewissen Stress in frühen Jahren erspart, dass wir gar nicht die Möglichkeit hatten, alle Daumenlang nervös auf die Uhr zu schauen. Irgendwo habe ich vor ein paar Jahren, ich glaube von Werner Mitsch, den schönen Spruch gelesen: »Mit der Uhr kam das Tempo in die Welt.«

Zurück zum ersten Schultag. Auch wenn ich mich

nicht mehr direkt daran erinnern kann, bin ich doch sicher, dass mir das Frühstück an diesem Tag nicht besonders geschmeckt hat. Dann machte ich mich mit meinem grünen Anzügerl, die Hose war selbstverständlich eine Kurze, an der Hand meiner Mutter auf den Weg. Mein Vater fotografierte mich, wie ich auf der Semptbrücke stand. Das Bild besitze ich noch und muss bei seinem Anblick immer wieder herzlich lachen, weil es kein Foto von mir gibt, auf dem ich jemals böser geschaut habe.

Natürlich gab es zu dieser Zeit keine Schultüte oder sonstige Extras für den Schulanfang. Wer sich im Besitz eines Schulranzens, einer Schiefertafel, eines Griffels und Schwammes und eventuell eines Schreibblockes mit Bleistift und ein paar Buntstiften befand, gehörte schon fast zu den, wie man heute sagen würde, »Überprivilegierten«.

Meine Mutter – der Vater war inzwischen wieder in die Arbeit geradelt – lieferte mich in einem großen Klassenzimmer ab und verließ dann den Raum. So war ich also ganz allein mit einer großen Zahl von Buben in meinem Alter. Am Pult stand eine ältere Frau – wahrscheinlich machte sie mein Kinderempfinden älter, als sie tatsächlich war – mit einer dicken Brille. Sie stellte sich als Fräulein Schmidt vor und machte einen recht freundlichen Eindruck. Genau weiß ich nicht mehr, was sie uns alles erzählte, aber die Zeit verging wie im Flug. Wir bekamen sogar eine kleine Hausaufgabe – wir mussten etwas malen – und durften dann wieder nach Hause. Draußen empfingen uns die Mütter, um uns abzuholen. Meine Mutter fotografierte mich dann erneut beim Überqueren der Semptbrücke. Und dieses Mal habe ich schon wesentlich freundlicher geschaut.

Die Frau Schmidt habe ich übrigens viele Jahre später

wieder in München bei einer Lesung in einer Pfarrei getroffen. Sie hat sich wohl weniger an den kleinen Helmut als an den nicht so häufigen Namen Zöpfl erinnert und sprach mich darauf an. Selbstverständlich habe ich ihr damals einige meiner Bücher mit der entsprechenden Widmung geschenkt.

Wir behielten das Fräulein Schmidt in der ganzen ersten Klasse. Sie war eine strenge, aber sehr gute Lehrerin. Wie sie es schaffte, dass wir am Ende des ersten Schuljahres bei etwa 50 Kindern in der Klasse und fast ohne Schulbücher, ohne Arbeitsblätter, Tageslichtprojektor oder gar Beamer, oder was man sonst inzwischen an Hilfsmitteln im Unterricht für unentbehrlich hält, alle lesen und schreiben konnten – das ist nach den heutigen Maßstäben eigentlich nicht möglich. Man stelle sich eine moderne Schule ohne Fotokopierer vor!

Dazu kam, dass einige Schüler nicht einmal eine vernünftige Tafel zum Schreiben hatten. Mein Banknachbar jedenfalls musste seine ersten Buchstaben mit einem Stahlstift auf eine Art Schieferplatte kritzeln, die nicht einmal gerahmt war.

Durch diesen Stift wies die Platte tiefe Rillen auf. Mir tat mein Nachbar immer sehr leid, wenn er sich bemühte, auf diesen Furchen seine Buchstaben oder Zahlen zu schreiben.

Als »Rechenmaschine« dienten uns die gerade von den zahlreichen Bäumen vor der Schule gefallenen braun glänzenden Kastanien.

In der zweiten Klasse wurde der Schulbesuch sehr »abwechslungsreich«. Denn wir bekamen zunächst eine ganz junge Lehrerin, die lediglich eine Kurzausbildung gemacht hatte. Nach ein paar Monaten unterrichtete uns anstatt ihrer aus unerklärlichen Gründen ein – für mein damaliges Empfinden uralter – Mann namens Kratzer. Der Unterricht fand zu jener Zeit in einem Saal eines Wirtshauses statt, weil in manchen Zimmern der Schule, soweit ich mich erinnern kann, immer wieder Soldaten untergebracht waren. In der Pause mussten wir uns immer zum Gang auf die Toilette anstellen. Das war für mich ein Horror, weil es auf den stillen Örtlichkeiten so fürchterlich stank. Ich bat den Lehrer Kratzer inständig, im Zimmer bleiben zu dürfen, weil ich nicht müsse, aber er bestand strikt auf meiner »Teilnahme«.

Zwei Monate später bekamen wir das Fräulein Friedrich, mit dem ich wesentlich besser zurechtkam. In diese Zeit fiel eine schwere Erkrankung meiner Mutter. Sie war, soweit ich mich erinnern konnte, immer herzkrank gewesen. Seit ein paar Tagen lag sie nun zu unserer großen Sorge im Bett. Am Sonntag ließen mein Vater und ich sie zum Kirchgang kurz allein. Wir erschraken zu Tode, als wir bei unserer Rückkehr den Arzt Dr. Deisbeck mit sorgenvoller Miene an ihrem Bett stehen sahen. Dieser Mann war ein echtes Erdinger Original, auf den das Wort »rau, aber herzlich« genau zutraf. Die Frau Stadler hatte ihn geholt, als sie einen Notruf meiner Mutter vernommen hatte. »Ich habe ihr eine sehr starke Strophantinspritze gegeben. Passt gut auf sie auf«, meinte er und drückte uns fest die Hand.

Meine Mutter war längere Zeit ans Bett gefesselt. Erschrocken hörte ich, wie sie meinem Vater einmal zuflüsterte: »Ich werde bestimmt nicht sehr alt.« Ich kann aber zur Beruhigung des Lesers versichern: Sie ist 96 Jahre alt geworden.

Der Krieg wurde zum beherrschenden Thema des Alltags, und ich bekam häufiger mit, dass sich meine Eltern mit irgendwelchen Leuten sorgenvoll unterhielten, wie lange das alles noch andauern sollte. Die Lebensmittel wurden knapp, und mit den Lebensmittelkarten, ohne die man nichts bekam, musste man streng haushalten. Echten Hunger habe ich aber nie gehabt. Am Fliegerhorst waren nämlich auch einige Bauern angestellt, und mein Vater war sehr beliebt. So brachte ihm der eine oder andere gelegentlich einen Liter Milch, Kartoffeln, Fett oder gar einmal ein Stückchen Geräuchertes. Außerdem gab es in Erding direkt gegenüber der Kirche den Kramerladen, den das Ehepaar Huber mit ihrer damals 18-jährigen Tochter, der Fanny, betrieb. Ich habe den Eindruck, dass die Fanny schon damals der heimliche Chef war. Wenn es irgendwo in dieser schwierigen Zeit eine außertourliche Lieferung gab, war sie bei den Hubers zu haben. Mein Vater, der hin und wieder Zigarren oder Pfeife rauchte, bekam in dem kleinen Laden öfter ein paar Zugaben. Einmal gab es sogar einen Waffelbruch ohne Lebensmittelkarten. Die Fanny, die übrigens noch bis vor kurzem den Laden in Erding führte, aber inzwischen leider verstorben ist, wusste jede Neuigkeit und bekam schon damals von den Leuten den Spitznamen »das Erdinger Tagblatt«.

Beim Einkauf in dem Laden hatte ich meine erste Begegnung mit der Hitlerjugend. Zu einer bestimmten Zeit erschien nämlich ein etwa 40-jähriger Mann mit einer Schar von Jugendlichen am Erdinger Marktplatz vor der Schrannenhalle und den Hubers. Unter Gebrüll jagte er die Buben über den Platz, ließ sie bald am Boden robben oder über mitgebrachte Hindernisse springen. Besonders abstoßend fand ich, dass er immer wieder Einzelne, die nicht parierten, herausholte und vor den anderen niedermachte.

»Ja, ja, unser Herr Oberlehrer«, pflegte die Huber-

Fanny zu sagen, »der spinnt heut wieder besonders. Das ist halt ein tausendprozentiger Nazi. Die armen Kinder, die der in der Klasse hat. Der ist in der Schule, habe ich gehört, schlimmer als ein Feldwebel. Hoffentlich kriegst du den nie, Helmut.«

Am Sonntag bemerkte ich den Lehrer wieder. Er stand vor der Kirchentür und schrieb etwas auf einen Zettel. »Schau hin«, sagte ich zu meinem Vater beim Betreten der Kirche. »Was macht er denn?«

Mein Vater schaute etwas betreten. »Ich glaube, der schreibt die Leute auf, die in die Kirche gehen.«

»Warum denn das?«, wollte ich wissen.

»Hm«, meinte mein Vater zögerlich, »wahrscheinlich macht er Meldung bei Leuten, die es nicht gerne sehen, dass man noch in die Kirche geht. – Eine Unverschämtheit«, schimpfte er jetzt, »jetzt wird man schon beim Kirchgang bespitzelt. Aber du sollst dir darüber noch keine Gedanken machen. Du erfährst einiges noch früh genug.« Gott sei Dank unterrichtete dieser Lehrer in einem anderen Schulhaus. Aber die gelegentlichen Schauspiele vorm Huber-Geschäft schürten bei mir eine entsetzliche Angst vor der Hitlerjugend. Einmal erlebte ich sogar, dass mein Vater Jugendliche in HJ-Uniform, die offensichtlich die Anweisung bekommen hatten, vor der Kirche Lärm zu machen, weiterjagte.

Auch Väter brauchen einen Schutzengel

Wir erfuhren in dieser Zeit von schrecklichen Bombenangriffen auf München. Wenn wir gelegentlich beim Maier-Wirt zum Essen gingen, erhaschte ich immer wieder Bemerkungen von Bekannten meiner Eltern, wie schlimm es um unser Land stehe. Aber häufig sah ich auch, wie sich die Leute ängstlich umschauten, ob nicht jemand mithörte. Das eine oder andere Mal machte jemand »Pssst« und legte den Finger an die Lippen. Zu dieser Zeit klebten auch an vielen Wänden merkwürdige Plakate. Sie zeigten eine dunkle Gestalt, und darunter stand – meine Mutter las es mir vor – der Satz: »Vorsicht, Feind hört mit«. Irgendwie bekam ich auch mit, dass man sich Schwierigkeiten einhandelte, wenn man »Feindsender« hörte. Mein Onkel Jakob, der Mann meiner Tante Käthi, der einen Bäckerladen besaß und von Haus aus jemand war, der sich nicht gern etwas sagen ließ, wurde wegen Schwarzhörens sogar für einige Zeit ins KZ gebracht.

Das erfuhr ich aber erst später – wie mir überhaupt erst nach Ende des Krieges erklärt wurde, was ein KZ war. Ich weiß bis heute nicht, ob meine Eltern darüber Bescheid gewusst haben. Ich habe aber meine Zweifel, denn neugierig, wie ich immer war, hätte wahrscheinlich auch ich etwas davon mitbekommen.

Ja, und dann – es war am 18. April 1944, wie man heute in allen einschlägigen Veröffentlichungen nachlesen kann – ereignete sich etwas, was tiefe Spuren in meinem Gedächtnis hinterlassen hat. Wieder hatten der Kuckuck und die Sirenen auf den Anflug eines Bombengeschwaders hingewiesen. Wir waren schon auf dem Weg zum Luftschutzkeller, da kam überraschend die Entwarnung. Mein Vater fuhr mit seinem Rad wieder zu seiner Arbeitsstelle, und meine Mutter und ich standen vor dem Haus. Auf einmal hörte ich ein lautes Schreien, und schon wurde ich von kräftigen Händen in den Keller gezogen. Kaum waren wir unten, begann ein ohrenbetäubendes Krachen, von der Decke bröckelte etwas auf uns herab, und ich begann zu weinen. Die Flieger waren umgekehrt und warfen ihre Restbomben auf Erding ab. Erst längere Zeit, nachdem es still geworden war, wagte sich der Herr Stadler nach oben. Er kam entsetzt zurück. »Um Himmels willen«, rief er, »ein paar Meter von uns haben die Bomben eingeschlagen!«

Zögernd begaben meine Mutter und ich uns an die Oberfläche. Das Erste, was wir sahen, war der Ferdinand, der in aller Gemütsruhe die Wäschestücke zusammenfaltete und uns mit einem »Ferdinandi ist fleißig« begrüßte. Er hatte die ganze Zeit weitergearbeitet.

Vor der Tür erwartete uns ein schlimmer Anblick. Gleich hinter der Semptbrücke stieg Rauch aus mehreren Ruinen auf, und wir hörten entsetzliche Schreie.

Mein erster Gedanke aber war: Wo ist mein Vater? Mein Gott, er wird doch nicht in den Bombenangriff hineingekommen sein! Wir schauten uns voller Angst an. Noch heute sehe ich mich dastehen, mit der rot karierten Jacke meiner Mutter, die sie mir übergestreift hatte. Wir wagten natürlich nicht, uns in Richtung des Infernos zu bewegen. Ein Mann, den meine Mutter kannte, kam uns entgegen. »Haben Sie meinen Mann gesehen?«, fragte sie angstvoll. Der aber schüttelte bloß sorgenvoll den Kopf. Ich begann laut zu beten: »Bitte, lieber Gott, lass meinen Vati gut zurückkommen.«

Das Gebet wurde erhört. Mein Vater kam rußverschmiert mit dem Rad auf uns zu. Ich rannte zu ihm hin und fiel ihm schluchzend in die Arme. »Ja«, sagte er, »ich habe Glück gehabt, an einem Haus habe ich noch beim Löschen geholfen. Da konnte ich was retten. Aber da vorne schaut es schlimm aus.«

Der Bombenangriff forderte viele Todesopfer. Ich erinnere mich, dass man noch nach Tagen Leichen aus den Ruinen barg. Die Särge wurden in der Kirche aufgebahrt. Es waren auch einige kleine weiße Kindersärge dabei. Noch viele Wochen lang hatte ich unheimliche Angst, die Kirche wieder zu betreten. Meine Eltern gingen darum in die schöne Wallfahrtskirche Heilig Blut, wo auch der von mir sehr geliebte Katechet Dr. Henze die Messe las.

Die Amerikaner kommen

Nicht zuletzt wegen dieses schweren Angriffs wurde die Angst vor dem, was bei Kriegsende auf alle zukommen würde, immer größer. Und immer öfter schnappte ich Bemerkungen auf wie: »Der Krieg ist längst verloren.«

Irgendwann hörte ich von jemandem, dass es kein Benzin mehr gebe. Da beschloss ich, etwas dagegen zu tun. Ich besorgte mir ein Blatt Papier, auf das ich meine Erfindung malte: Eine große Schüssel, in der etwas Flüssigkeit, Benzin, war. Dazu zeichnete ich einen Schneebesen. Was das sollte? Ich hatte immer mit Staunen bemerkt, wie meine Mutter Eischnee aus ein paar Eiweiß herstellte, die sie in einen Topf gab. Durch das Umrühren und Schlagen mit dem Schneebesen vermehrte sich augenscheinlich das bisschen Eiweiß um ein Vielfaches. Könnte man dasselbe nicht auch mit dem Benzin anstellen und so den Mangel beseitigen?

Trotz meiner »Erfindung« wurde aber doch alles knapper. Auch die Schnäppchen bei der Huber-Fanny wurden immer seltener. Ich hörte manchmal Gespräche, dass jetzt bald alles vorbei sei. »Hoffentlich kommen die Amis zu uns und nicht die Russen.« Diesen Satz kannte ich bald recht gut.

In diesen Tagen war dann der Ferdinandi plötzlich verschwunden. Frau Stadler erzählte uns, dass es nicht mehr möglich gewesen sei, ihn im Haus zu halten. Er sei in eine Anstalt gekommen, wo es ihm sehr gutgehe. Ein paar Wochen später erzählte uns die Hauswirtin ohne besondere Trauer, dass der Ferdinand dort überraschend verstorben sei. Ich habe lange über den Verlust meines Freundes geweint. Erst viel später habe ich von der schrecklichen Praxis der Nazis erfahren, »lebensunwertes« Leben einfach zu beseitigen.

Ja, und dann kam mein Vater eines Tages aufgeregt vom Dienst nach Hause und berichtete, dass die Amerikaner eine Mitteilung gemacht hätten, die Erdinger sollten zum Zeichen ihrer Kapitulation weiße Tücher aufs Dach legen oder als Fahne zum Fenster hinaushängen. Sonst würde man, so hieß es, Erding dem Erdboden gleichmachen. Als man sich in der Wäscherei Stadler, wo ja genügend Tücher vorhanden waren, gerade daranmachen wollte, erschreckte eine über Rundfunk verbreitete Nachricht die Erdinger. Die Nazis ließen verlauten, dass SS-Leute die Einwohner eines jeden Hauses, wo eine weiße Fahne gehisst worden sei, standrechtlich erschießen würden. Mein Vater tat das einzig Richtige: Er nahm meine Mutter und mich bei der Hand und lief mit uns ein paar hundert Meter zu den Häckeles.

Herr Häckele war ein Arbeitskollege meines Vaters aus Innsbruck. Bei den Häckeles wohnte ein Enkel, der Hansi, war zwei Jahre älter als ich. Er wurde Herrn Häckeles Titel entsprechend echt österreichisch »Inspektor Hansi« genannt. Zusammen mit den dreien, die offensichtlich eine Geheimadresse kannten, machten wir uns eilig auf den Weg. Nach etwa einer Stunde Fußmarsch erreichten wir einen einsamen Hof, den eine mit den Häckeles bekannte Bauernfamilie bewirtschaftete. Man bot uns einen Platz im Stadel an.

Inzwischen dunkelte es. Erschrocken hörte ich immer häufiger ein fernes Knallen und sah dann auch durch eine Luke öfters roten Feuerschein am Horizont. Mein Vater und meine Mutter legten mich zwischen sich und hielten meine Hand. Wir beteten leise. Dann bin ich erschöpft eingeschlafen.

Als ich am Morgen erwachte, war alles vorbei. Die Bauersfrau brachte uns eine Tasse Milch und ein paar Scheiben Brot. »Die Amis sind schon in Erding«, meldete sie.

Da machte mein Vater einen großen Fehler. Statt dass wir uns noch für ein paar Tage bei der Bauernfamilie aufgehalten hätten, vielleicht gegen ein kleines Entgelt, drängte er aus einem gewissen Pflichtgefühl heraus zur Rückkehr in unsere Wohnung. Durch Einwände der Häckeles und meiner Mutter ließ er sich nicht von seinem Plan abbringen. Ich hatte ein merkwürdiges Gefühl zwischen Angst und doch einer gewissen Neugierde, als wir uns auf den Weg machten.

Wir waren etwa zwei Kilometer gegangen, da kam uns ein khakifarbener Jeep entgegen (dass man ein solches Fahrzeug so nennt, habe ich natürlich auch erst in der Zeit danach gelernt). Er stoppte vor uns, und es sprangen drei Soldaten mit Gewehren heraus. Einer davon hatte dunkle Hautfarbe. Mein Vater und der Herr Häckele streckten ihre Arme in die Höhe. Der »Inspektor Hansi« und ich begannen zu weinen. Der dunkelhäutige Soldat versuchte uns zu beruhigen und streichelte uns sogar.

Als die drei merkten, dass von uns keinerlei Gegenwehr zu befürchten war, legten sie sogleich ihre Waffen weg, aber sie bedeuteten den beiden Männern, dass sie in das Fahrzeug steigen sollten. Mein Vater informierte uns kurz, dass er nun wohl in die Gefangenschaft käme, und schloss uns nochmals in die Arme. »Ich weiß nicht, ob wir uns wiedersehen, aber Gott sei Dank, Bub«, sagte er, bevor er in den Jeep stieg, »brauchst du jetzt wenigstens nicht mehr in die Hitlerjugend.« Dann fuhren die Amis mit den Gefangenen weg.

Man kann sich vorstellen, mit welchem Gefühl wir uns auf den Heimweg machten. Immer wieder fragte ich meine Mutter, wo denn der Vati jetzt sei und wann er wiederkäme. Aber meine Mutter schüttelte nur traurig den Kopf und meinte: »Ich weiß nicht. Wir wollen fest beten.«

In unserer Straße hatten sich inzwischen in der gegenüberliegenden Gaststätte, dem Münchener Hof, die Amerikaner einquartiert. Man sah das gleich an den Jeeps, die vor dem Haus standen. Auch in der Wäscherei Stadler begegnete uns beim Betreten ein Soldat, der aber sehr freundlich war und sogar Deutsch sprach. Der Betrieb war für die nächste Zeit ausersehen, die gesamte Wäsche der Erdinger Besatzer zu reinigen!

Nun begann ein ganz neuer Lebensabschnitt. Die Amis gehörten bald zum gewohnten Bild, zumal sich zwei junge Frauen, die in der Wäscherei angestellt waren, mit Soldaten liierten. Die eine hieß Traudl und war noch fast ein Kind. Der Deutschamerikaner Otto wurde ihr Freund, ein recht lieber Mensch, der viel mit uns redete. Von ihm bekam ich auch den ersten Kaugummi meines Lebens. War das ein Erlebnis, als ich den Streifen, der nach Zimt schmeckte, in den Mund steckte und genüsslich zu kauen begann! Natürlich habe ich ihn, auch als der Geschmack immer mehr nachließ, nicht ausgespuckt, sondern sorgfältig in ein Papier gehüllt und noch öfter gekaut.

Das Leben begann sich langsam zu normalisieren. Die Lebensmittel waren zwar weiterhin knapp, aber ich kann mich auch nicht erinnern, dass wir in dieser Zeit einmal wirklich Hunger gelitten hätten. Zu unserem Wohl trug unter anderem meine Tante Käthi bei. Ihr Mann war, wie schon gesagt, von den Nazis für ein paar Tage ins KZ gesperrt worden. Ich weiß nicht, wie die Amerikaner das herausbekommen haben, aber sie machten den Onkel Jakob als Nazi-Opfer zu einem ihrer »Hofbäcker«. Und die Tante Käthi versorgte uns mit ihren Lebensmittelkarten, die sie daraufhin ja nicht brauchte.

Wie ich die »Schuster-Kath« zähmte

Inzwischen hatte die Schule wieder begonnen. Ich bekam zwar nicht den schrecklichen Oberlehrer, vor dem mich schon die Huber-Fanny aus dem Kramerladen gewarnt hatte. Dafür aber wurde die berühmt-berüchtigte »Schuster-Kath« meine Lehrerin. Meine Mutter war ihr erst ein paar Tage zuvor in der Schule begegnet. »Das ist ja die Schuster-Kath«, hatte sie gerufen. »Um Gottes willen, ist die jetzt in Erding gelandet. Die hat als junges Mädchen in der Münchner Hirschberg-Schule schon die Tante Käthi unterrichtet.« Und dann erzählte sie ein paar Schauergeschichten, wie diese Lehrerin bereits vor Jahren gewütet hatte.

Jetzt hatte also, wie sich bald darauf herausstellte, ich das zweifelhafte Vergnügen. »Vielleicht ist sie in den Jahren netter geworden«, tröstete mich meine Mutter, als ich ihr die Hiobsbotschaft überbrachte.

»Bestimmt nicht«, rief ich, denn der erste Tag mit der Kath war bereits eine Katastrophe gewesen. Die Kath war ein recht korpulentes Wesen, eine wahre Bavaria, sie war ziemlich auffällig aufgetakelt und hatte knallrot gefärbte Haare. Als Erstes hatte sie uns gleich zusammengebrüllt und angekündigt, dass sie bei der geringsten Verfehlung gnadenlos durchgreifen werde. Dazu hatte sie demonstrativ mit einem lauten Knall einen Rohrstock aufs Pult geschlagen, dass wir nur so zusammenzuckten. Die Kath beherrschte alle Foltermethoden der alten Schule: »Tatzen« auf die Hände, »Übergelegte« auf das Hinterteil und das berüchtigte »Holzscheitelknien«. Das bedeutete, dass ein Schüler längere Zeit auf der Kante eines Holzscheits knien musste. Ich selber bin dieser Tortur ausgekommen, habe es aber zu Hause einmal versucht und kann versichern, dass es sehr unangenehm war.

Die Schuster-Kath beschimpfte uns reihenweise als Volldeppen, die dümmer seien als ein Klafter Holz, oder als faule Bagage. Das Schlimmste aber war, dass sie, einmal in Wut, nicht nur denjenigen bestrafte, der ihrer Meinung nach etwas angestellt hatte. Vielmehr rauschte sie wie ein Racheengel durch die Reihen und verteilte bald links, bald rechts Ohrfeigen.

Am dritten Tag war dann auch ich dran. Dabei war ich wirklich schon aus reiner Angst brav und bieder mit den Händen auf der Bank dagesessen. Mein Weinen rührte die Kath nicht im Geringsten. Im Gegenteil, sie drohte, wenn ich nicht sofort aufhöre, mit besagtem

Holzscheitelknien. Kein Wunder, dass ich heulend zu Hause ankam und meiner Mutter versicherte, nicht mehr in die Schule gehen zu wollen. Diese redete lange auf mich ein und meinte, sie würde ja gerne mit dieser Frau reden, aber sie wüsste aus Erfahrung, dass das nur das Gegenteil bewirkte und dass es die Kath dann noch mehr auf mich abgesehen hätte. »Ich weiß doch, wie's damals bei der Tante Käthi war«, fügte sie resignierend hinzu.

Da reifte bei mir ein Plan. Die Tante Käthi und der Onkel Jakob schenkten uns bei unserem Besuch in ihrer Bäckerei in der Pfeuferstraße immer wieder Kuchen. Darauf begründete ich nun meine Strategie.

In der nächsten Pause machte ich mich schüchtern an die Lehrerin heran. »Entschuldigung, Fräulein«, sagte ich, »ich soll Sie schön von meiner Tante grüßen. Die hat Sie nämlich einmal in der Schule gehabt und hat Sie sehr gern gemocht«, log ich.

Die Kath, die mich zunächst gar nicht richtig wahrgenommen hatte, schaute mich jetzt an, ein wenig erstaunt ob dieses Lobes, wie sie es bestimmt nicht sehr häufig hörte. »So, so«, sagte sie, »und was macht deine Tante jetzt?«

Jetzt kam mein zweiter Trumpf. »Die ist mit einem Bäckermeister, meinem Onkel Jakob, verheiratet, und der hat eine große Bäckerei in München und beliefert dort die ganzen Amerikaner.«

Jetzt hatte ich die volle Aufmerksamkeit meiner Lehrerin. »Das ist ja wunderbar«, rief sie, »ich glaube sogar, mich an deine Tante irgendwie erinnern zu können«, log sie geradezu unverschämt. »Bestimmt bekommst du da auch einmal ein Stückerl Kuchen ab, wenn du sie besuchst?«

»Ja, selbstverständlich, mein Onkel Jakob ist ein ganz ein Lieber.« Und jetzt spielte ich meine größte Trumpfkarte aus. »Der schickt uns sogar jede Woche alles Mögliche, Kuchen, Torten, Brot, Semmeln. Er ist wirklich ein großartiger Bäcker. Da müssten Sie einmal ein Stück von der Obsttorte versuchen.« Ich spürte förmlich, wie ihr das Wasser im Mund zusammenlief. »Ich könnte Ihnen ja morgen ein Stück vorbeibringen. Gestern haben wir nämlich Nachschub bekommen.«

»Das brauchts natürlich nicht«, schluckte die Schuster-Kath bereits in Vorfreude. »Aber es würde mich natürlich schon interessieren, ein Lebenszeichen von meiner ehemaligen Schülerin zu erhalten.« Und jetzt kam der Höhepunkt: »Ich glaube«, sagte sie und streichelte mich doch tatsächlich am Kopf, »du gerätst meiner Lieblingsschülerin nach. Du bist genauso brav und aufgeweckt. Übrigens hat sie denselben Vornamen wie ich: Katharine – Gell, da staunst du.«

Die paar Stückchen Kuchen, die ich von da an regelmäßig mit einem schönen Gruß der Tante Käthi mitbrachte, lohnten sich. Von da an war ich das erklärte »Herzipopperl« der Schuster-Kath. Das brachte mir natürlich manchmal den Neid meiner Klassenkameraden ein, die sie mangels ähnlicher verwandtschaftlicher Beziehungen nach wie vor genauso malträtierte. Halt, meinen Mitschüler Josef behandelte sie eigentlich auch sehr zuvorkommend, obwohl er alles andere als ein guter Schüler war. Ich glaube, sein Vater hatte einen großen Bauernhof in Klettham.

Die Schuster-Kath habe ich viele Jahre später noch einmal getroffen, als ich mit meiner Mutter im Münchener Westfriedhof das Grab meines Großvaters besuchen wollte. »Ui«, rief meine Mutter plötzlich aus, während wir auf dem Weg dahin vor einem Wohnheim für Lehrerinnen vorbeigingen. »Das ist doch die Schuster-Kath.« Tatsächlich, sie sah noch fast genauso aus wie früher und war noch immer ziemlich aufgetakelt. Ich muss heute im Nachhinein darüber lachen, dass mir damals immer noch ein gehöriger Schrecken in die Glieder fuhr. Dennoch steuerte ich natürlich furchtloser als früher auf sie zu und grüßte. Als sie mich etwas erstaunt ansah, erzählte ich ihr, dass ich in Erding ihr Schüler gewesen sei und sie mir sehr viel beigebracht hätte. Was ja irgendwie stimmt, weil ich damals eine gewisse Schlauheit entwickeln musste.

Sie schaute mich mit großen Augen an. »Hast du mich wirklich gemocht?«

Dass ich jetzt zu einer Notlüge griff, wird man mir sicher verzeihen: »Ja freilich, genauso wie meine Tante Käthi, die Sie auch schon als Schülerin hatten.« Wir haben sie dann auf einen Kaffee und eine Torte – es wurden mehrere Stücke – in ein Café eingeladen und über früher geredet. Als ich mich Jahre später auf einem anderen Gang zum Friedhof in dem Heim nach ihr erkundigte, um sie noch einmal zu besuchen, erfuhr ich, dass sie inzwischen verstorben war.

Jetzt gehe ich nicht mehr von euch fort!

Auch wenn alles seinen gewohnten Lauf zu nehmen schien, war doch vieles noch in Unordnung. Wir genossen zwar die Tatsache, dass es keine Bombenangriffe mehr gab, keine Sirenen mehr heulten und der Kuckuck im Radio verstummt war, aber die Unsicherheit um meinen Vater war deprimierend. Einmal erfuhren wir von Hella, der Braut meines Cousins Hans – des Sohnes meiner Tante Käthi aus erster Ehe –, sie habe meinen Vater in einem Gefangenenlager in Fürstenfeldbruck gesehen. Dort habe sie mit ihm kurz gesprochen und ihm ein kleines Essenspaket zugesteckt.

Meine Mutter packte mich sofort auf ihr Fahrrad und fuhr mit mir die nicht gerade kurze Strecke von Erding nach Fürstenfeldbruck. Wir besuchten besagte Hella. Sie erklärte uns aber, dass die Gefangenen bereits nach kurzer Zeit weitertransportiert worden seien. Wohin, wusste sie auch nicht. Immerhin, wir durften hoffen, dass Vati noch am Leben war.

Am frühen Abend machte ich mit meiner Mutter immer Spaziergänge durch Erding. Am liebsten folgten wir den Amis, die durch die Gegend patrouillierten. Sie rauchten nämlich in der Regel Zigaretten und warfen ihre Stummel achtlos auf die Straße. Ich hatte immer eine Schachtel dabei und sammelte die Zigarettenreste eifrig ein. Zu Hause löste ich mit einer Schere sorgfältig den verkohlten vom unverbrauchten Tabak und legte so ein kleines Raucherdepot an, das ich meinem Vater bei seiner Rückkehr kredenzen wollte.

Die Schachtel füllte sich, aber wir hatten immer noch kein Lebenszeichen von ihm. Jeden Tag besuchten wir die Wallfahrtskirche in Hl. Blut, und ich betete inständig um die gesunde Rückkehr meines lieben Vaters.

Und dann ging alles ganz schnell. Plötzlich hieß es, dass die ersten Gefangenen entlassen worden seien. Wir befragten den einen oder anderen nach meinem Vater, aber ohne Erfolg. Aber schon ein paar Tage später war es so weit. Ich stand wieder vor der Wäscherei, um Ausschau zu halten. Da fühlte ich, wie jemand von hinten seine Arme um mich legte, mich an sich drückte und hochhob. »Ich bin wieder da, Bub«, rief er, »und jetzt gehe ich nicht mehr von euch fort!«

Mein Jubelschrei lockte Mutter von der Wohnung herunter, und weinend lagen sich meine Eltern in den Armen. Ich weiß noch genau, dass einer meiner ersten Sätze war: »Du, Vati, wir haben einen amerikanischen Freund.« Gemeint war der Otto, das besagte »Gspusi« der Traudl.

Warum ich das gesagt habe, weiß ich bis heute nicht. Mein Vater jedenfalls reagierte nicht gerade erfreut und murmelte: »So, so. Eigentlich habe ich jetzt genug Amis gesehen.«

»Mein Gott, bist du dünn geworden«, rief meine Mutter plötzlich und nahm ihn wieder in die Arme. »Bestimmt hast du Hunger. Schau her, ich hab da was.« Sie stellte ihm eine Schachtel Kekse hin, die sie bei der Huber-Fanny erbeutet hatte, und dazu eine Kanne Milch. Mein Vater holte sich eine Schüssel aus dem Küchenschrank, goss die Milch hinein, brockte dann die Kekse ein und löffelte sie in unglaublicher Geschwindigkeit aus. »Mhm«, seufzte er genüsslich, »das schmeckt einmalig. Das war im Lager unsere Lieblingsspeise, aber wir haben sie nur ganz selten bekommen.«

»Da, schau her, Vati«, rief ich, »was ich für dich gesammelt habe.« Ich zeigte ihm die fast volle Schachtel des gesammelten »Kippentabaks«.

»Mein Gott, dank dir schön, Bub«, rief er und busselte mich ab. Und dann begann er zu erzählen, was nach der Gefangennahme geschehen war. An der Würm mussten sie ihre Taschen leeren. Auch sein schönes Taschenmesser war damals auf Nimmerwiedersehen dahin. Dann wurden sie über Fürstenfeldbruck nach Heilbronn gebracht. Wir erfuhren, wie es gewesen war, als sie gemeinsam irgendwelche Hilfszelte aufbauen und einen Graben rund um das Lager herum ausschaufeln mussten, wie schrecklich die hygienischen Bedingungen waren und dass zwar niemand verhungert war, aber der Hunger doch ihr ständiger Begleiter gewesen war. All das musste ganz schnell aus meinem Vater heraus. Interessanterweise hat er später nie mehr etwas von seiner Gefangenschaft erzählt – ebensowenig wie von seiner Zeit in Frankreich.

Dass mein Vater ein ungemein beliebter Chef gewesen war, war uns ja schon während des Krieges manchmal zugute gekommen. Jetzt, in der schlechten Zeit nach dem Krieg, wurde es fast noch wertvoller für uns. Zur rechten Zeit kam immer irgendjemand aus seiner früheren Mannschaft vorbei, der vielleicht einen Bauernhof hatte und aus dem Rucksack Brot, Butter und Geselchtes auspackte, meist ohne große Worte. Mehr als einmal hörte ich die an meine Mutter gerichteten Worte: »Ihr Mann, der Zöpfl, war schon schwer in Ordnung.« Wie gesagt, ich kann mich nicht erinnern, dass ich je Hunger litt, und wir mussten auch nicht, wie es manch andere aus Not taten, zum »Hamstern« aufs Land gehen.

Die ersten Tage nach seiner Rückkehr aß mein Vater mit Heißhunger alles, was er fand, auf. Dann begann sein Magen Schwierigkeiten zu machen, und er hielt sich zurück. Nach einiger Zeit wurde er immer unruhiger. »Ich muss wieder etwas arbeiten«, meinte er.

Da kam ihm ein Besuch eines seiner früheren Angestellten, des Baumgartner-Hartl aus Kirchasch, gerade recht. Der Hartl hatte ein kleines Geschäft mit Landmaschinen-Reparatur aufgemacht.

»Wenn's dir nix ausmacht, Zöpfl«, hörte ich ihn sagen,

»dass d' bei dei'm frühern Arbeiter arbeitest ...« Mein Vater fuhr nun mit seinem alten Radl, das noch immer im Keller stand, jeden Tag die 25 Kilometer hin und zurück, bekam ein paar Mark Lohn und, was noch wichtiger war, immer wieder Naturalien wie Brot, Schmalz, Mehl, Milch und manchmal sogar ein Geselchtes.

Aller Anfang ist schwer – besonders beim Sport

Inzwischen lief auch in der Schule wieder alles normal ab. Wir hatten eine sehr nette Lehrerin, die Josefine Mayer, bekommen und lernten bei ihr gerne.

In der dritten Klasse begann auch der Beichtunterricht, den wir von dem in Heilig Blut wirkenden Pfarrer und Katecheten Dr. Henze empfingen.

Damals wurde die Beichte noch viel ernster genommen als heute (dafür wird es aber kaum Kinder gegeben haben, die schon den Psychiater besuchten). Ich will dabei nicht leugnen, dass uns der Beichtunterricht doch etwas überforderte und der »Beichtspiegel«, den wir natürlich auswendig lernen mussten, in der Regel noch als große »Naivlinge« traf.

Noch heute erinnere ich mich, wie der Katechet uns das sechste Gebot, »Ich habe Unkeusches getan«, nahezubringen versuchte. Da meldete sich der Thomas und verkündete stolz: »Herr Katechet, da glaub ich, hab ich eine Sünde begangen.«

Wenn ich die heutigen Lehrpläne und all die Diskussionen der Pädagogen über Curricula, Sachkompetenzen, intrinsische Motivierung betrachte und auf unseren Unterricht zurückblicke, ist es mir eigentlich ein Rätsel, dass wir damals nicht gleich auf einem Abstellgleis gelandet sind. Wir lernten in den ersten Klassen Lesen und Schreiben, Rechnen, Religion und ein wenig Heimatkunde. Das Singen fand vornehmlich im Religionsunterricht statt (die einschlägigen Kirchenlieder beherrsche ich noch heute bestens). Gleiches galt für das Zeichnen. Der Turnunterricht fiel, obwohl die Nazis ja den Sport aus nationalen Gründen sehr förderten, weitgehend flach. Ich erinnere mich eigentlich nur an eine einzige Turnstunde.

Wir gingen in eine uralte Turnhalle in der Nähe des Erdinger Bahnhofs. Dort gab es so etwas wie ein Reck. Wir sollten einen Bauchaufschwung machen. Ich war eher ein ängstliches Kind und fiel bei meinem ersten Versuch – Hilfestellung gab es keine – sogleich von der Stange, und zwar ganz unglücklich so auf den Bauch, dass ich keine Luft mehr bekam. Bis mich die Lehrerin aufhob und streckte, hatte ich das entsetzliche Gefühl, zu ersticken. So hatte ich später lange Zeit Angst vor dem Geräteturnen.

Einmal waren wir auch im Erdinger Schwimmbad. Das Problem begann bereits mit dem Umziehen. Natürlich gab es keine Umkleidekabine. Als Erster zog sich mein Mitschüler Manfred aus und wollte in seine Badehose schlüpfen. Er hielt es nicht für notwendig, ein Handtuch vorzuhalten, und stand einen Augenblick lang splitternackt da. Ein unglaubliches Gelächter brach los: Der Manfred, der wahrscheinlich in einer größeren Familie ungenierter aufgewachsen war, bekam einen roten Kopf und stieg – nun doch mit vorgehaltenem Handtuch und einigen Verrenkungen – in seine Badehose. Das Hohngelächter veranlasste mich, bei meiner

Lehrerin Hilfe zu suchen, die mir auch tatsächlich ihre Umkleidekabine zur Verfügung stellte.

Ich habe lange Zeit gebraucht, um diese, wie wir es auf Bairisch sagen, »Gschamigkeit« abzulegen und wieder zu einer für Kinder so wichtigen Natürlichkeit zu finden. Wobei an diesen Hemmungen übrigens ganz bestimmt nicht meine Eltern schuld waren. Es galt einfach auch für mich, was ich später immer wieder feststellen konnte: nämlich, dass es für Kinder nichts Schlimmeres gibt, als ausgelacht zu werden.

Kurz nach dieser Umziehaktion hatte ich ein fürchterliches Erlebnis, das mir noch lange nachhing. Ich stieg ins Kinderbecken. Bis ich mich richtig versah, hatte mir ein großer, kräftiger Mitschüler die Füße weggezogen und hielt mich für kurze Zeit unter Wasser. Ich verlor jedes Gefühl für unten und oben, bekam keine Luft mehr und atmete Wasser ein. Die Lehrerin zog mich aus dem Becken, und ich lag zunächst noch wie leblos am Boden. Diese paar Sekunden Todesangst waren der Grund, warum ich mich jahrelang entsetzlich vor dem Wasser fürchtete. Meine Mutter, die in ihrer Jugend eine eifrige Schwimmerin gewesen war, legte aber Gott sei Dank großen Wert darauf, dass ich schwimmen lernte. So schickte sie mich später, als ich schon im Gymnasium war, in einen Schwimmkurs ins Münchner Volksbad.

Die Schwimmstunden waren für mich eine Qual, zumal der schon ältere Schwimmlehrer ziemlich rigoros mit uns umging. Es begann noch harmlos mit einer Art Trockenkurs, bei dem er uns die Brustschwimmbewegungen zeigte. Aber dann befestigte er uns an einer Art großer Angel und warf uns in Wasser. Ich schlug wie wild herum und schrie, bis er mich wieder herausholte.

In den nächsten Stunden versuchte ich etwas abseits vom Kurs in brusthohem Wasser die Bewegungen, kam aber nicht weiter. Als ich einem älteren Buben, der übrigens später Sportlehrer wurde, mein Leid klagte, meinte der zu mir: »Bevor du schwimmen kannst, musst du tauchen lernen.« Ich lachte zunächst, bis ich merkte, dass er es ernst meinte. So versuchte ich in der nächsten Stunde ganz vorsichtig, erst einmal tief Luft zu holen und mich dann einfach ins Wasser zu legen. Die ersten Male kam ich prustend sofort wieder hoch, aber mit der mir eigenen Sturheit probierte ich es ein ums andere Mal. Und wirklich bekam ich allmählich ein Gefühl dafür, dass Wasser zu einem gewissen Grad trägt. In der nächsten Stunde versuchte ich es schon mit ein paar Bewegungen. Und am Ende des Kurses konnte ich zwar noch nicht perfekt schwimmen, aber ich schaffte es doch, mich vielleicht so gute fünf Meter weit ohne Bodenkontakt im Wasser fortzubewegen.

Später bin ich ein doch recht guter, vor allem aber begeisterter Schwimmer geworden. Dass Wasser trägt und man sich ihm anvertrauen, sich in ihm gleitend ohne Angst und Hektik bewegen kann, ist bis heute eine ganz wichtige Erfahrung geblieben. Noch immer praktiziere ich gerade in Stresssituationen dieses Sich-Anvertrauen, eine besondere Form der Gelassenheit, die sogar inzwischen unter dem Begriff »Aqua Balancing« als eine Art Therapie praktiziert wird. Ich kenne einige Erwachsene, die aufgrund eines solchen Wasser-Schock-Erlebnisses, wie ich es in Erding hatte, nie mehr schwimmen gelernt haben und denen für alle Mal eines der, für meine Begriffe, schönsten Körpererlebnisse versagt bleibt.

Das neue Domizil in München – und das große Glück

Zurück nach Erding. Irgendwann bekam mein Vater ein Angebot von einer Firma, die sich STEG nannte – ich weiß nicht mehr, was diese Abkürzung bedeutete. Die STEG diente der Verwertung von alten Heeresgütern. Sie bot Werkzeuge, Röhren, Drahtspulen, Kabel, Autoreifen und Ähnliches zum Verkauf an. Mein Vater hat sich damals selbst ein paar Kisten mit irgendwelchen Schaltern gekauft, die er später noch an den Mann brachte. Nebenbei schaute er sich nach einem zukunftsträchtigeren Beruf um. Am liebsten wollte er wieder in seinem früheren Betätigungsfeld arbeiten: bei der Bereitschaftspolizei. Offensichtlich gab es aber in Erding damals keine Möglichkeit. So entschloss er sich zu einem Umzug nach München.

Meine Eltern sprachen zunächst mit meinen Großeltern, die in der Nähe des Münchner Waldfriedhofes, angrenzend an die Hölderlinstraße, ein wunderbares, großes Grundstück besaßen. Mein »Umpapa« Lambert Hiergeist, der Stiefvater meiner Mutter, gab nun nicht nur die Zustimmung dafür, dass wir auf dem Grundstück ein behelfsmäßiges Heim errichten durften, er versprach meinem Vater sogar tatkräftige Mithilfe beim Aufbau.

Irgendwie brachte mein Vater in Erfahrung, dass am Kreuzberg in der Nähe von Erding Gefangenenbaracken verkauft wurden. Als Brennholz oder wegen der Bretter war so etwas in der schlechten Zeit ein durchaus interessantes Geschäft. Mein Vater erstand eine der größten für genau 100 Reichsmark und zerlegte sie mit Hilfe eines Bekannten. Im Frühjahr organisierte er einen kleinen Lieferwagen. Mit dem Fahrer zusammen lud er unsere spärlichen Besitztümer auf, wir sagten unserer Hauswirtin, der Frau Stadler, Lebwohl und fuhren in meine Geburtsstadt München. Ein paar Tage haben wir bei meinen Großeltern gewohnt. Aber in erstaunlich kurzer Zeit hatte mein Vater mit guten Freunden auf dem Grundstück an der Hölderlinstraße die Baracke aufgebaut. Natürlich war ich mit meiner Mutter auch während der Arbeiten dabei und versuchte mich nützlich zu machen.

Unsere damaligen Nachbarn mögen zwar am Anfang etwas skeptisch geschaut haben und besorgte Spekulationen angestellt, was da für »Krattler« einzögen. Aber die nette Art meiner Eltern machte sie uns sehr schnell gewogen. Der eine Nachbar, ein gewisser Herr Kropp, gestattete sogar, dass wir seine Elektroleitung anzapften. So hatten wir sehr schnell elektrisches Licht. Wo mein Vater in der schwierigen Zeit die Handwerker herholte und vor allem die notwendigen Gerätschaften wie Kabel oder Schalter organisierte, ist mir ein Rätsel geblieben. Wahrscheinlich werden ihm auch seine Erwerbungen aus der STEG-Zeit zugute gekommen sein.

Mein Vater, der nun bereits für ein paar Reichsmark seine neue Stellung bei der Bereitschaftspolizei angetreten hatte, arbeitete in jeder freien Minute an unserem neuen Domizil. Manchmal allein, manchmal mit netten Freunden wie dem Mann meiner schon erwähnten Marie, dem Herrn König, der sogar ein gelernter Zimmermann war. Er verkleidete die Holzbaracke mit Bakelitplatten. Da es nicht einmal Nägel zu kaufen gab, sammelten wir in irgendwelchen Schrotthandlungen alte, krumme und meist rostige Exemplare verschiedener Größen. Eines Tages brachte Vati die neueste

Erfindung mit: einen Apparat, in den man den krummen Nagel legte. Wenn man zwei Hebel drückte, wurde er gerade gebogen – wie auch immer das im Einzelnen funktionierte.

Auch das Dach wurde zu einer mühevollen Arbeit. Die Dachpappen, von woher auch immer sie kamen, mussten befestigt und anschließend mit heißem Teer bestrichen werden. Ich sehe meinen Vater noch heute mit seinem teerverschmierten Arbeitsmantel auf dem Dach stehen und mit einem großen Besen die heiße schwarze Brühe aufstreichen. Irgendwann wurden dann die hässlichen grauen Bakelitplatten mit Hilfe eines alten Bekannten von Vati, eines ehemaligen Maurers namens Platschina, vermörtelt. So stand, mit ungeheurem Fleiß verschönert, bald ein langgezogener weißer Bau im Garten. Aber es galt ja auch an die Innenausstattung zu denken.

Wasser gab es von einem Brunnen im vorderen Teil des Gartens. Und für hygienische Bedürfnisse musste ein Plumpsklo herhalten, das in der anderen Gartenecke stand. Am Tag ging das ja ganz gut, aber bei einem nächtlichen Bedürfnis musste man mit einer Kerze den Weg durch ein paar Stauden und Beete finden.

Zunächst war die Baracke innen kahl und ohne Trennwände. Wieder mit Hilfe des Herrn König wurde der lange Darm mit zwei Schiebetüren in Küche, Wohn- und Schlafzimmer aufgeteilt. Ich durfte im Wohnzimmer auf der Couch schlafen. Später baute mein Vater dann sogar noch eine Art Bad mit Toilette daran. Damit wir die Ausflüge ins Klohäuschen einstellen konnten, musste jetzt nur noch eine Versitzgrube gegraben werden, die regelmäßige Leerung erforderte.

Nach einem weiteren Jahr setzten meine Eltern einen sehnlichen Wunsch in die Tat um: eine kleine Stube, eine Art Veranda mit einem großen Tisch und einer Eckbank. Der Raum war durch große Fenster sehr hell. Hier spielte sich dann ein Großteil unseres gemütlichen Familienlebens ab. Für mich war es jedenfalls mein Hauptaufenthaltsort, wo ich Hausaufgaben machte, las und mit Freunden spielen durfte.

Am Anfang hatten wir natürlich auch noch keinen gepflasterten Gartenweg. So kam es, dass bei Regen sich der kleine Pfad zur Haustüre in eine Morastbrühe verwandelte. Auch da wusste mein Vater Rat. Er besann sich auf einen Kriegskameraden, der in Solnhofen einen Steinbruch besaß. Der lieferte dann auch prompt eine Ladung, allerdings äußerst unterschiedlicher, Plattenstücke. Sie wurden von uns wiederum in langer Mühe zu einem hochinteressanten Weg gestaltet. Ich habe damals einige kleine Versteinerungen entdeckt und beiseitegelegt. Der Bekannte meines Vaters hieß Karl Bergér. Er und sein Bruder haben später die inzwischen weltberühmte Fossiliensammlung des »Museum Bergér« in Eichstätt gegründet.

In jenem Mai erlebte ich Tage, die zu den glücklichsten meines Lebens zählen. Wenn ich beschreiben sollte, was für mich den Inbegriff von Glück bedeutet, so würde ich heute noch sagen: wenn ich in unserem blühenden Garten mit dem Geruch von Flieder in der Nase auf einem kleinen Bänkchen saß, das wir sogar noch aus der Volkartstraße gerettet hatten. Mutter und Vater sitzen ganz in der Nähe. Ich lese in einem spannenden Buch, das ich im Schrank meiner Oma gefunden habe, und esse genüsslich eine Cremeschnitte, die natürlich aus der Konditorei Onkel Jakobs stammt.

Ein paar solcher Tage unendlicher Freiheit in der Geborgenheit meiner Eltern ohne Schule waren mir noch geschenkt. Dann holte mich wieder der Schüleralltag ein. Meine Schule wäre eigentlich die Plinganser-Schule in der Nähe des Harras gewesen, die aber durch Bomben zerstört war. So war die Nächste die Boschetsrieder-Schule. Sie war einige Kilometer entfernt. Der Schulweg führte von der Hölderlinstraße über die sogenannte Flak-Wiese, in der es noch immer Schützengräben gab, vorbei an der zerstörten Zielstatt, wo die Hauptschützengesellschaft München ihre Heimat gehabt hatte und heute wieder hat.

Die Boschetsrieder-Schule, die heute fast noch unverändert dasteht, war und ist ein großer, grauer Bau.

Obwohl es damals in dieser Gegend noch Wiesen in Hülle und Fülle gab, gehörte zur Boschetsrieder-Schule nur ein relativ kleiner Schulhof. Ich kann mich auch nicht erinnern, dass wir zum Sportunterricht jemals auf eine nahe gelegene Wiese gegangen wären.

An meinem ersten Münchner Schultag führte mich meine Mutter auf dem langen Weg. Mich begrüßte eine sehr freundliche, aber – das war gleich zu spüren – durchaus strenge Frau, das Fräulein Bauer, die die Bubenklasse 3a unterrichtete.

Nachdem sich meine Mutter verabschiedet hatte, wies mir die Lehrerin einen Platz in der Fensterreihe neben dem Pfanzelt-Markus zu, von dem sie wusste, dass er in meiner Nähe wohnte. Ich setzte mich artig in die alte Schulbank und legte, wie ich das von Erding gewohnt war, meine Hände brav auf die Bank. Das Fräulein Bauer quittierte das mit dem Satz: »Schaut her, welch einen ordentlichen Schüler wir bekommen haben.« Zu mir gewandt meinte sie aber: »Helmut, du darfst ruhig die Hände von der Bank nehmen. Ich habe den Buben erlaubt, dass sie mit verschränkten Armen sitzen dürfen.«

Als fleißiger Schüler beteiligte ich mich sofort am Unterricht, was mir bald das Wohlwollen der Lehrerin einbrachte. Leider musste ich gleich bei der ersten Rechenstunde feststellen, dass die Münchner ein ganzes Stück weiter beim Teilen und Malnehmen waren.

»Ich werde mit deiner Mutter reden«, meinte das Fräulein Bauer beschwichtigend. »Die muss halt mit dir üben, damit du den Anschluss findest. Bis dahin bekommst du noch keine Noten fürs Zeugnis. Du musst allerdings alle Aufgaben mitschreiben. Damit du weißt, wo du stehst.« Tatsächlich gab es in der nächsten Stunde eine kleine Rechenprobe. Ich war sehr enttäuscht, als diese am nächsten Tag herausgegeben wurde und ich statt einem Einser, wie ich ihn von Erding her gewöhnt war, nur einen Dreier hatte.

Jetzt hatte das Fräulein Bauer von meinem Mitschüler Peter Ziegler, dessen Vater bei der Stadt München beschäftigt war, eine ganze Reihe von Freikarten für das Frühlingsfest erhalten, wo es solche Attraktionen wie Karussell und Kasperltheater gab. Die wollte sie, solange der Vorrat reichte, an die Besten und Besseren verteilen. Gerade als ich an der Reihe gewesen wäre, gingen die Karten aus. Das entfachte meinen Ehrgeiz, und ich bat meine Mutter noch am selben Nachmittag, mit mir das große Einmaleins einzuüben.

Übrigens begleitete mich meine Mutter schon an meinem zweiten Schultag nicht mehr. Ich hatte sie gebeten, das nicht mehr zu tun, denn ich hatte von einem

Klassenkameraden den Satz gehört: »Den muss ja seine Mama noch in die Schule bringen.«

Gott sei Dank wohnte also mein Banknachbar, der Pfanzelt-Markus, direkt neben uns. Seine Eltern hatten eine Kohlenhandlung und waren unglaublich liebenswerte und fleißige Leute. Der Markus wollte aus einem mir bis heute nicht bekannten Grund nicht Markus genannt werden, sondern Maxi. Es ärgerte ihn immer besonders, wenn das Fräulein Bauer ihn im mahnenden Ton mit »Markus« ansprach.

So machte ich also meinen Schulweg bis zum Ende der vierten Klasse an der Seite des Maxi und des Hoser-Hans, der auch in der Nähe wohnte.

Nur bei ganz schlechtem Wetter fuhren wir mit der Straßenbahn. Zuerst mit der Sechser bis zum Harras und von da mit der durch den Weiß-Ferdl bekannt gewordenen Linie 8. Den Wagen fuhr dort manchmal der Schmidbauer, der Vater meines neuen Klassenkameraden Dietmar, von dem später noch die Rede sein wird.

Auf dem langen Schulweg mit dem Maxi und dem Hans habe ich sehr viel gelernt, was in keinem Lehrbuch steht, was aber wichtiger ist als manches angelernte Wissen. Von einigem profitiere ich heute noch.

Ich muss vorausschicken, dass der Maxi ein paar Monate jünger als ich ist und damals einer der Kleinsten in der Klasse war. Dafür war er flink, drahtig und geschickt. Der Maxi hatte immer irgendwelche Ideen für Streiche. Natürlich wollte ich da auch mitmachen und tat es auch. Dabei musste ich aber zu Beginn einige schmerzliche Erfahrungen machen oder, wie das so schön heißt, Lehrgeld zahlen.

Der Maxi hatte beispielsweise eine Vorliebe fürs »Leutderblecken«. Ich zögere etwas bei der Übersetzung dieses Wortes ins Hochdeutsche. Es hat jedenfalls weder mit »derb« noch mit »lecken« etwas zu tun. Am ehesten passen Worte wie »hochnehmen«, »lächerlich machen« oder »verhohnepiepeln«. Ein Beispiel: Der Maxi sieht zwei etwa 17-jährige Mädchen, die sich etwas aufgetakelt haben, und ruft ihnen das Schimpfwort »Ami-Schicksen« zu. Die beiden, uns natürlich körperlich weit überlegen, rennen sofort hinter uns her. Ich wusste zwar, dass man bei solchen Beleidigungen gleich losrennen musste, aber ... Man darf raten, wer die gesammelte Wut der auf diese Art Beleidigten in Form von mehreren Ohrfeigen abbekam, und das nicht nur dieses eine Mal!

Vom Maxi habe ich dann erst einmal die für jeden Lausbuben wichtige Regel gelernt, dass es zwar äußerst lustig ist, etwas anzustellen, dass man das aber nur mit einer gewissen Vorplanung und entsprechenden Fähigkeiten tun sollte. Es gibt da ein schönes lateinisches Zitat, das ich später gelernt habe. Der Maxi kennt es wohl bis heute nicht, aber er hat es schon frühzeitig befolgt: »Quidquid agis, prudenter agas et respice finem«, zu Deutsch: Was auch immer du tust, du sollst es klug anstellen. Und bedenke das Ende!

Der Maxi war die Verkörperung des Begriffs »klug«, oder genauer, der zu Unrecht oft eher negativ beurteilten Fähigkeit der Schlauheit.

Er hatte eine Menge Tricks auf Lager, und er war unglaublich geschickt (auch das Wort »geschickt« findet sich übrigens in keinem pädagogischen Zielkatalog). Er kletterte flink wie ein Eichhörnchen auf jeden Baum, lief schnell wie ein Hase und schlug dabei sogar einen Haken nach dem anderen. Er kannte sämtliche Gartenzäune mit entsprechend lockeren Latten zum schnellen

Durchschlüpfen und wusste gleichzeitig immer, ob sich nicht dahinter ein bissiger Hund verbarg, so dass man vom Regen in die Traufe gekommen wäre. Gab es einen Hund, der an einer Kette lag, hatte er in Erfahrung gebracht, wie groß dessen Bewegungsraum war und wie weit man sich ihm ohne Gefahr nähern konnte. In den eineinhalb Jahren, die ich mit dem Maxi diesen Weg ging – danach kam ich aufs Gymnasium –, habe ich zwar viel von ihm gelernt, es aber nie zu seiner Perfektion gebracht. Auch der Hoser-Hans konnte ihm nicht das Wasser reichen.

Maxis Klugheit zeigte sich ebenso im Sozialen. Ich habe seinerzeit sozusagen am eigenen Leib ein soziologisches Gesetz kennengelernt, das mir erst viel später in meiner Studienzeit theoretisch erläutert wurde: nämlich die Problematik einer Dreiergruppe. Denn hier kommt es fast automatisch immer wieder dazu, dass sich zwei gegen einen zusammentun. Der Maxi kannte das Prinzip ohne jedes soziologische Studium. Er half auf dem Schulweg bald zu mir, bald zum Hoser-Hans und verstand es geschickt – gewiss ohne böse Hintergedanken –, uns öfter einmal gegeneinander auszuspielen. Ganz klar, dass sich der Maxi immer auf der Seite des Siegers befand! Ich kann mich nicht erinnern, dass sich der Hans und ich je gegen den Maxi verbündet hätten. Vielmehr bemühte sich jeder von uns beiden schon während des Unterrichts, ihn auf seine Seite zu bringen, beispielsweise bei der Schulspeisung. Wenn es einmal eine besondere Delikatesse wie ein paar Schokoriegel gab, schenkte man ihm gerne ein Stückchen davon.

Hier sollte ich vielleicht für die, die es nicht wissen, erklären, was die Schulspeisung war. Ich erlebte sie während meiner Münchner Volksschulzeit. Die Amerikaner – ich glaube, die Quäker – hatten sie ins Leben gerufen, sie wollten damit verhindern, dass die schulpflichtigen Kinder Hunger litten. Es war eine wirklich soziale Aktion! Jeder Schüler hatte damals an seinem Schulranzen ein Haferl hängen. Diese Behältnisse hatten die merkwürdigsten Gestalten, es gab größere, kleinere, emaillierte, offene und geschlossene. Die Größe war gleichgültig, denn in der Pause bekam jeder aus den großen Behältern, die täglich beim Hausmeister angefahren wurden, einen großen Schöpfer. Das Speisenangebot war relativ beschränkt. Ich erinnere mich, dass es oft Erbsensuppe gab, in der ein paar Fleischbröckchen herumschwammen, oder Haferbrei mit Rosinen. Am wenigsten mochte ich ein Gericht aus Süßkartoffeln, am liebsten dagegen aß ich, das bekamen wir höchst selten, Vanillemilch mit Weinbeerln. Am Ende der vierten Klasse gab es dann manchmal besagten Schokoriegel. Zur Ergänzung der Schulspeisung hatte fast jeder von uns aber noch Obst aus den zahlreichen Gärten dabei.

Im Garten meiner Großeltern stand ein wunderbarer Apfelbaum, der die in meiner Erinnerung besten, süßesten und saftigsten Früchte in Hülle und Fülle trug. Nie mehr in meinem Leben habe ich einen köstlicheren Apfel gegessen. Ich weiß zwar nicht einmal mehr, was für eine Sorte es war. Aber ich spüre es noch heute auf der Zunge, wie er in diesen paar Monaten frisch vom Baum schmeckte. Im Winter und Frühjahr gab mir die Mutter dann einen Lederapfel in die Schule mit, ebenfalls aus dem Garten. Aber der mundete bei weitem nicht so gut.

Der Garten meiner Großeltern war voller Obstbäume und Sträucher. Es gab neben den Äpfeln, Birnen und Zwetschgen auch noch Johannisbeeren und

Stachelbeeren. Bis heute in besonderer Erinnerung geblieben ist mir ein riesengroßer Birnbaum, der Unmengen Früchte trug. Sie gehörten ebenfalls zum Besten, was ich je gegessen habe. Als ich später das schöne Gedicht vom Herrn Ribbeck zu Ribbeck auf Havelland lernte, in dessen Garten ein Birnbaum stand, war das natürlich in meiner Vorstellung mein besonderer Freund, der Baum.

Wie ich mich ins Ballspielen und in anderes verliebte

In der Schule ging es gut voran. Das Fräulein Bauer hatte meinen Lernwillen erkannt und lobte mich besonders für den Fortschritt im Rechnen. Bald hatte ich mit den bis dato Besten, dem Weigl-Heini und dem Flemmer-Richard, gleichgezogen.

Unsere sportlichen Betätigungen im Schulhof weckten in dieser Zeit meine große Liebe zu Ballspielen. Der einzige Sport, den wir in der dritten und vierten Klasse trieben, war das Völkerballspiel. Obwohl es nicht zu den geistreichsten Sportarten gehört, faszinierte es mich. Die Lehrerin – oder, wie wir damals einfach sagten, »das Fräulein«, ließ immer die gleichen Mannschaften gegeneinander spielen, nämlich Türreihe gegen Fensterreihe. Die Mittelreihe wurde zwischen diesen beiden Teams aufgeteilt. Der uneingeschränkte Star auf dem Spielfeld war ein gewisser Lederer, ein schon älterer Bub. Er wohnte in einem Flüchtlingslager – ich glaube, seine Eltern kamen aus Schlesien – in der Nähe des Neuhofer Bergs. Der Lederer war größer und kräftiger als wir alle und fing jeden Ball sicher. Leider gehörte er zur Türreihe, so dass wir regelmäßig verloren.

Das minderte aber meine Völkerball-Liebe nicht. Wenn wir einmal das Fräulein Bauer geärgert hatten, war die härteste Strafe, dass der Sport und somit das Völkerballspiel ausfielen. Ach ja, Turnnoten bekamen wir ja auch. Sie wurden durch eine einzige Disziplin ermittelt: einen kurzen Wettlauf im Hof. Da das Fräulein keine Stoppuhr hatte, ließ sie die Banknachbarn gegeneinander laufen. Der Sieger bekam einen Einser, der Verlierer einen Zweier. Da ich bekanntlich neben dem Maxi saß, kann man sich das Ergebnis leicht ausrechnen. Ich erinnere mich auch noch, dass ich kurz hinter dem Ziel noch hinfiel und mir das Knie ziemlich aufgeschlagen habe.

Nun gehörten damals aufgeschlagene Knie mehr oder weniger fast übers ganze Jahr zum »Outfit« eines jeden Buben. Meist wusch man die blutende Wunde zunächst aus. Wenn die Mutter in der Nähe war, reinigte sie sie vom größten Dreck und gab das furchtbar brennende Jod darauf. Nach einiger Zeit wurde sie dann noch mit einer schwarzen Salbe namens Ichthyol behandelt, die stark nach Teer roch. Wenn die Wunde dann trotzdem zu eitern begann – und so war es in der Regel auch –, kam die Lebertran-Salbe an die Reihe. Dann begann der eigentliche Heilprozess, es bildete sich eine schwarze Kruste, die »Rufern«, auf der Narbe, die man meist neugierig abzukratzen begann, weil sie etwas juckte. Geschah das zu früh, so begann die Wunde nochmals leicht zu bluten. Viel öfter aber fand das letzte Stadium im Heilprozess mit natürlicher Rufern-Ablösung schon deswegen nicht statt, weil ein neuer Fall, Sturz oder Ausrutscher das Ganze von vorne beginnen ließ.

Neben den Sportnoten gab es auch noch Musiknoten. Das Fräulein Bauer saß zur Notengebung am Pult und beschäftigte die Klasse mit einer Stillarbeit. Währenddessen mussten die Schüler in alphabetischer Reihenfolge zu ihr herauskommen und durften ein Lied ihrer eigenen Wahl singen. Ich kann mich beim besten Willen nicht mehr erinnern, was ich vorgetragen habe. Wohl aber daran, wie der Maxi, den sonst nicht leicht etwas aus der Ruhe bringen konnte, mit hochrotem Kopf heraustrat. Er sang widerwillig und leise – unterbrochen von Fräulein Bauers Aufruf »Lauter, Markus« – das Lied vom Jäger aus Kurpfalz, der durch den grünen Wald reitet. Es gab fast nur zwei Noten. Ich hatte eine Zwei in Musik, der Maxi eine Drei. Der Zorn meines Banknachbarn über diese aufgezwungene »Exhibition« war gewaltig. Auf dem ganzen Weg nach Hause sang er, diesmal ganz ohne Aufforderung, aber zwischendurch immer wieder auf die »Bauerin« schimpfend, seine Parodie: »Der Jäger aus Kurpfalz, der hat den Arsch mit Butter gschmiert, drum scheißt er lauter Schmalz.«

Erst vor ein paar Jahren hat mir der Maxi bei einem nostalgischen Gespräch über unsere gemeinsame Schulzeit erzählt, dass ihm nichts so unangenehm in Erinnerung geblieben sei wie diese Vorsingerei.

Am Jahresende bekam ich meine erste Ermahnung. Das Fräulein sang das Lied »Ich hört ein Bächlein rauschen wohl aus dem Felsenquell« mit hoher und lauter Stimme vor. Der Maxi begann furchtbar zu kichern und flüsterte mir dazu irgendetwas Unflätiges ins Ohr. Jetzt musste auch ich lachen, und die in dieser Weise gestörte Sängerin schickte uns vor die Tür.

Am Schuljahresende bereitete dann unsere Lehrerin gemeinsam mit der Parallelklasse, das war die Mädchenklasse, einen Beitrag fürs Schulfest vor. Sie hatte dazu den ihrer Meinung nach besten Sänger, den Schmid-Helmut, auserwählt. Aus der B-Klasse kam deswegen jetzt regelmäßig ein Mädchen, die Inge, herüber. Beide probten dann vor unseren Augen gemeinsam das Duo, das mit den Zeilen des Helmut begann: »Hab i' net a netts Hüaterl auf und a schöns Federl drauf?« Darauf durfte die Inge singen: »Hat mei' Muatter aa oans ghabt, hat ihr net gfallen.«

Mussten wir wohl alle zunächst ein Kichern unterdrücken, wurde daraus bald etwas mehr. Bei einigen trat damals so etwas wie eine vorpubertäre Erotik auf. Ein Bub und ein Mädchen, die eine Art Liebesduett zum Besten geben!

Für mich hatte, zumal als Einzelkind, das Thema Mädchen bis dahin überhaupt nicht existiert. Nun bemerkte ich aber, dass die Inge für alle in der Klasse plötzlich sehr interessant wurde, obwohl sich das keiner zuzugeben traute. Ich muss gestehen, dass mich damals vor dem Einschlafen öfter der Gedanke an sie, nun, ein wenig beschäftigte. Ja, ich habe in mein Abendgebet sogar ein paar Mal die Bitte aufgenommen, mich heimlich mit ihr treffen zu können.

Eines Tages fasste ich den kühnen Plan und schrieb ihr ein kleines Brieflein. Ich weiß heute überhaupt nicht mehr, was darin stand. Jedenfalls drückte ich es der Inge, als sie das nächste Mal für eine Probe das Klassenzimmer betrat, wortlos in die Hand. Die Inge warf nur einen kurzen Blick darauf und übergab mein »Herzensgeheimnis« wortlos unserer Lehrerin. Die las es durch und fragte mit erhobener Stimme: »Wer ist dieser dumme Helmut?« Wir hatten nämlich vier Buben dieses Namens in der Klasse. Ich stand mit hochrotem Kopf auf. Ein paar von meinen Mitschülern kicherten, die Lehrerin warf mir einen strafenden Blick zu, schüttelte kurz den Kopf und rief: »Setzen!« Ich glaube, es war das erste Mal, dass ich mich entsetzlich geschämt habe. Dass eine Bloßstellung vor anderen zu den schlimmsten Dingen im Leben eines Kindes gehört, ist mir zeit meines Lebens bewusst geblieben. Und ich habe es in meiner Zeit als Lehrer und Dozent meinen Studenten immer wieder gesagt, was man damit anrichten kann.

Ich hatte befürchtet, Fräulein Bauer würde meiner Mutter über diesen Vorfall erzählen. Aber sie erwähnte ihn später nicht einmal mehr, und auch in der Klasse hatte er keinerlei Nachhall. Trotzdem war ich auf längere Zeit von einem »Liebesabenteuer« geheilt. Das Thema Mädchen verschwand für Jahre aus meinem Denken. Die Inge wohnte zwar ganz in der Nähe, aber ich sah sie nur mehr ganz selten. Doch ich glaube, ich bekam immer noch jedes Mal einen roten Kopf.

Aufklärung war damals, zumindest in meinem Umkreis, überhaupt kein Thema. Wenn ich mir vorstelle, welche Fragen heute schon Erstklässler stellen, lebten wir damals tatsächlich weit hinterm Mond. Ich erinnere mich nur, dass wiederum der Maxi aus einer ganz natürlichen Neugierde ein paar Fragen stellte, die den Unterschied zwischen Männlein und Weiblein betrafen.

Der Maxi hatte eine ältere Schwester, die Annemie. Aber offensichtlich wusste auch er nicht so recht, was bei ihr ganz genau »anders« war. Er schlief zwar mit ihr in einem Raum, aber da gab es kein Licht. So lurte er bald da, bald dort, aber die klare Erkenntnis blieb ihm versagt. Erst vor ein paar Jahren hat er mir lachend erzählt, wie es kam, dass er in der fünften Klasse endlich Bescheid wusste. Ich war zu dieser Zeit bereits am Gymnasium und fiel daher als Gefährte auf dem Schulweg aus. Der Maxi tat sich dafür öfter mit der Gini zusammen, die direkt neben ihm wohnte und eine Klasse unter ihm war. Eines Tages, so berichtete der Maxi, war seine Neugier einfach zu groß. Beim Nachhauseweg machte er der Gini ein Angebot in allen Ehren: »Wennst mich kurz bei dir wohin schauen lasst, dann kriegst a Fuchzgerl.« Ein Fuchzgerl war damals ein Haufen Geld. Der Maxi brauchte die Summe aber nicht zu zahlen, denn die Gini, ein Einzelkind, war offensichtlich auch neugierig und entgegnete nur: »Brauchst mir nichts zahlen, wennst mich bei dir auch hinschaun lasst.«

Erste »Ballerlebnisse«

Inzwischen hatte ich neben Maxi und anderen Klassenkameraden wie dem Hoser-Hans und dem Schmidbauer-Dietmar, dem Sohn des Straßenbahnfahrers, auch er wohnte ganz in der Nähe – eine ganze Reihe neuer Freunde gewonnen. Die Hölderlinstraße mündet in den Eichendorffplatz ein. Dieser war eine Art Anlage mit einer kleinen Wiese, an deren Ende sich eine größere Grube befand. Ich denke, sie hat in den letzten Kriegstagen noch als eine Art Schützengraben dienen sollen. Am späteren Nachmittag war die Wiese von fußballbegeisterten Buben der Umgebung bevölkert. Deren Problem war regelmäßig, wie man einen Ball auftreiben konnte. Es gab zur damaligen Zeit nur sehr wenige, die eine von diesen begehrten Lederkugeln besaßen. Zum Beispiel ein etwa zwei Jahre älterer Bub, der Urbas gerufen wurde. Wenn er nicht da war, schaute es für die

Sportbegeisterten schlecht aus. Dann mussten sie sich mit einem uralten Tennisball vergnügen, von denen es noch einige gab.

Ich war zunächst nur Zuschauer. Dabei hatte ich doch zu Hause einen so kostbaren Besitz: einen uralten Lederball.

Wie ich zu ihm gekommen bin, muss ich kurz nachtragen: Zum letzten Weihnachtsfest, das wir noch in Erding feierten, hatten meine Eltern – sie suchten immer nach Möglichkeiten, mir eine Freude zu machen – etwas ganz Besonderes erstanden. Unter dem Christbaum lag ein Paar alte Schraubschlittschuhe. Das waren Schlittschuhkufen, die man mit einer Art Schraubmechanismus am Schuh befestigen musste. Am nächsten Tag zog ich diese ungewohnten Dinger an und versuchte, weil es gerade gefroren hatte, mein Glück auf ihnen in der Münchner Straße.

Es war keine geglückte Premiere, denn bald lag ich am Boden, bald lösten sich die Schlittschuhe vom Schuh, und zuletzt riss sogar die Sohle mitsamt einem dieser Eisen ab.

Da kam mir der Zufall zu Hilfe. Als ich ein paar Tage nach Weihnachten mit meiner Mutter in der Langen Zeile spazieren ging, sah ich in dem Tauschladen in der Auslage tatsächlich einen Fußball liegen. Tauschläden waren seinerzeit etwas ganz Neues. Man konnte irgendetwas, was gerade entbehrlich war, gegen eine kleine Gebühr umtauschen. Wie das Ganze genau funktionierte, weiß ich nicht mehr. Ich glaube aber, dass der jeweilige Tauschgegenstand vom jeweiligen Ladenbesitzer nach Punkten geschätzt wurde und man dann eben versuchen musste, mit einem oder mehreren Tauschobjekten den Erwerb des gewünschten Gegenstandes zu erreichen. Schon zu Weihnachten hatte ich mir so einen sehnlich gewünscht, aber meine Eltern hatten mir traurig mitgeteilt, das Christkindl habe keinen auftreiben können. Jetzt also, vor dem Tauschladen in der Langen Zeile, reifte in mir ein Entschluss: »Meinst«, fragte ich meine Mutter schüchtern, »das Christkindl wäre mir böse, wenn wir versuchen, meine Schlittschuhe in den Ball umzutauschen?«

Meine Mutter lächelte: »Gewiss nicht, wahrscheinlich hat es ganz bewusst das mit den Schlittschuhen so gemacht, damit du doch noch zu deinem Ball kommst.«

Nach kurzer Verhandlung war der Umtausch unter Dach und Fach. Ich bin seitdem übrigens nie mehr auf Schlittschuhen gestanden.

Ja, da hatte ich nun also einen Lederfußball. Beim genaueren Hinsehen musste ich zunächst einmal feststellen, dass er ein Uraltexemplar war und viele Nähte aufgerissen waren. Vor allem aber, dass man mit ihm ja gar nicht spielen konnte: Ihm fehlte nämlich, wie mir mein Vater dann erklärte, ein wesentlicher Teil, die, so sagte er, »Bladern«. Ja, ein Fußball aus der damaligen Zeit ist mit den heutigen nicht mehr zu vergleichen. Er bestand aus zusammengenähten Lederstückchen und hatte eine Naht, durch die man eine Gummiblase hineingeben und auch wieder herausholen konnte. Die Naht wurde mit einer Lederschnur verschlossen.

Damit der Ball spielbereit war, blies man erst einmal die Blase über ein kleines Schläucherl auf; dann musste man dieses Schläucherl mit einer dünnen Schnur zubinden und anschließend die Naht verschnüren. Beim Kopfball war es oft ein schmerzliches Erlebnis, wenn man genau diese Stelle traf, besonders dann, wenn der Ball nass und schwer wie eine Bleikugel war.

In diesen zweifelhaften Genuss kam ich also vorerst mangels einer Blase nicht. Lange spielte mein Vater mit dem Gedanken, eine Schweinsblase herzunehmen, aber wir bekamen keine. So lag mein »Leder« mehr oder weniger nutzlos herum. Nach längerer Zeit machte dann mein Vater wieder einen Tauschhandel, nämlich mit einem Friseurgehilfen aus Altenerding, der eine uralte, schon vielfach geflickte Blase besaß. Was war das für ein großartiges Erlebnis! Wir zelebrierten den »Zusammenbau« förmlich. Am Ende lag dann also der Ball in seiner ganzen Schönheit vor mir.

Diesen Ball hatte ich natürlich nach München mitgebracht. Zunächst wollte ich ihn nur für den geliebten Völkerball verwenden. Aber ich tat mich schwer, zwei Mannschaften zusammenzubringen. Eines Tages erschien ich mit dem Ball am Eichendorffplatz. Die Buben, allen voran der Fredy, blickten mich mit großen Augen an. »Ui, schaugts hin, der hat a Leder.« Ich versuchte, die Buben dazu zu bewegen, mit mir den geliebten Völkerball zu spielen. Aber der Fredy, der offensichtlich beim FC Eichendorff eine führende Rolle spielte, meinte bloß: »Geh weiter, das ist kindisch. Wir spielen Fußball. Du wirst sehen, das ist was ganz anderes.« Nicht zuletzt weil ich der Besitzer des Leders war, durfte ich dann sofort mitspielen, auch wenn ich mich bestimmt am Anfang noch sehr blöd angestellt habe.

Das Fußballspiel faszinierte mich aber zusehends. Sogar am Abend nach dem Essen lief ich mit meinem Ball zur Anlage. Dort waren bereits der Fredy und ein anderer Bub, der zwischen zwei Bäumen stand. Bis ich mit meinem Ball ankam, schoss der Fredy mit seinem alten Tennisball auf dieses »Tor«. Der andere Bub war offensichtlich etwas gehbehindert, warf sich aber aufopfernd nach den Bällen. Der Fredy begrüßte mich und meinen Ball freudig. »Stell dich ins andere Tor«, sagte er. »In dem einen ist der Pauli. Der ist der Schmalzl. Und im anderen bist du. Du bist der Semprinski.« Der Schmalzl war damals der Torwart des FC Bayern, Semprinski spielte bei 1860 München. Ich gehorchte also Fredys Anweisungen und erlebte, wie der mit einer Art Reportage seine eigenen Spielzüge kommentierte: »Köhle passt zu Streitle, der zu Moll, dieser zu Hädelt. Der flankt, und in der Mitte steht Bachl. Und der schießt …« Das tat er dann auch ganz gerecht einmal auf das Tor vom Pauli und einmal auf das von mir. Der Pauli hechtete trotz seines kürzeren rechten Beines nach jedem Ball, und bald stand es nach einer Reihe von Schüssen, die vom Fredy jeweils mit einem »Tor, Tor …« oder »Gehalten« quittiert wurden, 10:4 für den Pauli. Wir spielten in der Regel nach diesem Ritus etwa eine halbe Stunde bis zum Einbruch der Dunkelheit.

So lernte ich also nebenbei die gesamte Mannschaftsaufstellung des FC Bayern kennen, des Lieblingsvereins von Fredy. Nebenbei sprach er, eher despektierlich, auch von ein paar »Sechzigern« oder »Blauen«, dem Thanner-Biwi, dem Hammerl, Pledl und dem Fottner.

Ich habe mit der Zeit als Torwart einiges dazugelernt und durfte bald bei den Nachmittags-, vor allem aber den Samstags- und Sonntagsspielen auf der Seite gegenüber dem Pauli das Tor hüten. Ich bekam diese Aufgabe nicht unbedingt, weil ich so gut war, sondern weil schon damals keiner gerne ins Tor ging. Der Fredy brachte mir dann in einer Art Solotraining auch das Herauslaufen und das Hinwerfen bei. So wurde ich, obwohl ich nicht der Größte war, ein durchaus manierlicher und geschätzter Torhüter. Was aber ein wirklich guter Keeper ist, erlebte ich, wenn es wirklich einmal um etwas ging. Dann nämlich stellte sich der Bredl-Alois, der sonst »draußen« spielte, ins Tor. Der Alois war damals schon im Verein, dem MTV.

Der Fußball war nun meine liebste Freizeitbeschäftigung. Hatte ich meine Hausaufgaben fertig, lief ich schon zum Eichendorffplatz. Ein Bubennachmittag lief dann in der Regel so ab: Wenn zunächst nur ein paar da waren, oft nur drei, spielten wir auf ein Tor. Wir hatten für diese Spielvariante auch eigene Regeln. Da man mit so kleiner Besetzung natürlich keinen Eckball ausführen konnte, wurde zum Beispiel anstatt drei Ecken ein Elfmeter gegeben.

Allmählich kamen dann einige Buben hinzu, und es »ging ein Spielchen zusammen«. Das begann mit der von mir bis heute zutiefst verabscheuten »Manndl-Wahl«. Es ging ja noch, wenn die Torleute ihre Mitspieler wählen durften. Denn da hatte ich es selber in der Hand, wen ich mir der Reihe nach holte. Wählten aber die zwei Besten, also meist der Fredy und der Kölbl-Karli, dann war es immer schrecklich, abwarten zu müssen, bis man dann schließlich doch aufgerufen wurde, womöglich als Letzter. Ich rechne es zu den pädagogischen Todsünden für einen Sportlehrer, wenn er eine solche Wahl praktiziert.

Zurück zum Eichendorffplatz! Nach ein bis zwei Matches, die fortgesetzt wurden, bis eine Mannschaft zehn Tore geschossen hatte, waren wir ganz schön erschöpft. Aber Ausruhen kam für uns nicht in Frage. Wir spielten dann eben etwas erholsamere Spiele, wie Fußabwehr und ab und zu auch einmal Sitzfußball. Oder es gab ein »Ausscheiderl«, bei dem die Techniker brillierten, die bereits etwas mit dem Ball jonglieren konnten. Nach dieser »Ruhepause« spielte man eventuell noch ein Match und ging dann zum Abendessen. Danach gings, wie schon erwähnt, abends zu dritt weiter. Es kam aber auch vor, dass wir nur zwei waren, der Pauli und ich. Denn die Eltern vom Fredy besaßen einen Kiosk, und er musste um diese Zeit manchmal noch bei ihnen mithelfen. Dann stellten wir uns zwischen zwei gegenüberliegende Baumpaare und machten den Sieger im »Köpfeln« aus, lieferten uns also Kopfballduelle.

Es würde zu weit führen, all die Regeln für diese Spiele zu erklären. Einige davon waren selbst erfunden oder entsprangen einfach den Gegebenheiten. So bekam, wer den Ball des Gegners mit dem Kopf abwehrte, eine »Mitte«, das heißt, er durfte nun einmal von der Mitte aus köpfeln. Da gelangte man ganz selbstverständlich zu einer gewissen Gelenkigkeit, indem man sich immer wieder mit dem Kopf voran in den Schuss hineinwarf. Mir bereiteten diese Spiele nicht nur große Freude, sie taten mir auch sonst gut: Ich bekam ein gutes Ballgefühl und vor allem immer größeres Selbstvertrauen.

Auf der Eichendorffwiese, oder wo die Münchner Buben sonst Fußball spielten, gab es natürlich keine Fußballtore. Deshalb machten wir sie uns selber, meistens mit Kleidungsstücken. Da wir selbstverständlich auch keine Dresse hatten, spielte – ganz gleich, ob's wärmer oder kälter war – immer eine Mannschaft mit und eine ohne Hemden; die abgelegten dienten als »Torpfosten«. Ja, aber was war mit der Höhe des Tors? Da galt die torwartfreundliche Regel, dass hier die Größe des Keepers berücksichtigt wurde. Ein kleiner Kerl wäre gegen eine lange Bohnenstange ohne Chance gewesen. Und so hieß es sehr häufig, wenn man hoch gehüpft war und den Ball trotzdem nicht erreicht hatte: »Der war z' hoch, den kann er net haben.«

Natürlich gab es Grenzfälle. Da wurde dann oft längere Zeit diskutiert, ob er nicht doch drin war, vor allem dann, wenn ihn der Torwart noch mit den Fingerspitzen berührt hatte. Richtig gestritten wurde aber nie. Im letzten Zweifelsfall gab es dann einen Elfmeter.

Selbstverständlich sorgten auch die »Kleider-Pfosten« manchmal für Unklarheiten und Streitgespräche: Eine »klare Latte« war, wenn der Ball von vorne oder von außen auf das Kleidungsstück zugekommen war. Aber es gab auch eine »Innenlatte«. Hier rief dann die Partei des Schützen sofort: »Der wär aber drinnen gwesen, der wär von der Latte aus reingegangen.« Auch hier kam es meist zu keiner Einigung, wenn die einen wie die anderen es immer wieder mit Ball und »Latte« zu rekonstruieren versuchten – und so hatte wieder der bewährte »Elfer« zu entscheiden.

Mich überkommt immer wieder große Trauer, wenn ich sehe, dass heute immer weniger Kinder zu solchen Spielen zusammenkommen. Wir bekamen durch sie nicht nur Ballgefühl, bei uns war auch das Wort Fettleibigkeit unbekannt. Und wir lernten, auch ohne einen Psychologen und ohne den Antigewaltkoffer »Faustlos« für 500 Euro, ohne ein von Ministerien evaluiertes Power-Kids-Programm und ohne ausgebildete Streitschlichter, wie man Freundschaften schließt und Konflikte löst.

Natürlich gab es auch damals schon Aggressionen, es wurde immer wieder einmal gerauft – aber man war mehr oder weniger gezwungen, Konflikte selbstständig zu lösen, indem man sich auch wieder »zusammenraufte« und versöhnte. Dabei galt als großes ungeschriebenes Gesetz, dass sich Erwachsene nicht einmischen durften.

Einmal klingelte es abends bei uns, und vor der Tür stand mein Klassenkamerad Peter mit seinen Eltern. Die beschwerten sich, dass der Maxi und ich nach der Schule mit Peters neuer Mütze Handball gespielt hätten. Meine Eltern sagten zu, sie würden mit mir reden. Das war alles. Dann marschierte das Trio sogar noch zu den Pfanzelts, wo der Vater des Maxi bloß erwiderte, er würde sich nicht in die Angelegenheiten der Kinder mischen. Dieser elterliche Eingriff war nicht zuletzt durch Maxis Spottsprüche schnell in der ganzen Klasse bekannt, und der Peter hatte ein paar Tage wenig zu lachen. Ich glaube, er hat daraus gelernt und seinen Eltern Bescheid gesagt, sie sollten so etwas in Zukunft bleiben lassen.

Nochmals zurück zum Sport. In dem betagten Gartenhäuschen meiner Großeltern entdeckte mein Vater eines Tages eine alte, schon sehr morsche Tischtennisplatte und – oh Wunder – in der Schublade eines Tisches sogar ein paar Schläger von anno dazumal, selbstverständlich ohne Belag, zwei Tischtennisbälle und so etwas wie ein Netz. Mit großem Geschick setzte er diese Gerätschaften instand, und bald zierten sie unseren Solnhofener-Platten-Vorhof. Mein Vater war ein leidlicher Pingpongspieler und brachte mir die Regeln und die ersten Schläge, nicht zuletzt die Angaben, bei. Bald entwickelte ich ein für meine sportlichen Fähigkeiten erstaunliches Geschick und besiegte ihn – obwohl er mir versprochen hatte, mich nicht gewinnen zu lassen. Mit dem Gewinnenlassen ist es nämlich so eine eigene Sache. Es ist zwar nicht schön, wenn man als Kind gegen einen Erwachsenen immer verliert. Ich glaube aber, Kinder merken sehr schnell, wenn man sie mehr oder weniger aus Mitleid gewinnen lässt. Das bedeutet letztlich irgendwie auch, dass man sie durch seine Überlegenheit lächerlich macht. Deswegen braucht man für solche Angelegenheiten ein gewisses pädagogisches Fingerspitzengefühl.

Die Tischtennisplatte steigerte natürlich meinen Bekanntheits- und Beliebtheitsgrad in der ganzen Umgebung. Ein Tischtennis-Turnier mit allen Varianten, Einzel, Doppel, Rundlauf, bot manchmal eine interessante Alternative zum Fußballspielen.

Bei der letzteren Sportart zeichnete sich nämlich ein immer größeres Problem ab: Mein heiß geliebter Ball wurde immer anfälliger für »Verletzungen«. Zwar hielt die »Bladern« überraschend gut, aber die Nähte platzten immer häufiger auf. Meine Mutter nähte sie geduldig jedes Mal aufs Neue, wohl aber nicht mit der entsprechenden Fähigkeit eines Sattlers und auch nicht mit dem richtigen Material. So war vorauszusehen, dass der Ball den großen Strapazen, denen er ausgesetzt war, nicht mehr auf die Dauer standhalten würde. Eine neue Lederkugel war trotz häufiger Ausschau noch nicht in Sicht.

Das Packerl

In den Sommermonaten geschah dann etwas, was ich auch zu den größten Freuden meiner Kindheit, ja vielleicht sogar meines ganzen Lebens rechnen möchte. Als ich eines Tages von der Schule nach Hause kam, begrüßte mich meine Mutter mit den Worten: »Schau einmal, was wir heute bekommen haben. Der Postbote war gerade da.«

Auf dem Tisch lag etwas ganz Merkwürdiges, ein Paket, das aber in kein Papier, sondern in eine Art Tuch gepackt war. Es war weiß, und bei genauem Hinsehen entdeckte ich als Adresse den Namen meines Vaters und als Absender: *Christoph Zöpfl, NY, USA.* Dann kam noch eine längere Angabe, die ich aber nicht lesen konnte. Ich schaute meine Mutter groß an.

»Du weißt doch, dass Vati einen Bruder hat, der in Amerika lebt. Er ist vor vielen Jahren ausgewandert. Der heißt Christoph. Mein Gott«, sagte sie, »da wird sich Vati freuen. Er hat in all den Kriegsjahren nicht mehr von ihm gehört. Das Paket machen wir aber selbstverständlich erst auf, wenn er von der Arbeit kommt.«

Die Zeit, bis mein Vater nach Hause kam, erschien mir wie eine Ewigkeit. Endlich war es so weit. Mutti sprudelte gleich alles heraus, was mit dem Packerl zu tun hatte. Vati bekam ganz feuchte Augen und rief ein ums andere Mal: »Der Christl, der Christl, er lebt noch!«

Jetzt kam das Auspacken. Sorgfältig trennte meine Mutter den Stoff auf, der fein vernäht das Paket umgab. Bis ins hohe Alter hat sie diese Umhüllungen übrigens aufgehoben. Und dann ging's um das »Eingemachte«. Jeder Gegenstand, der zum Vorschein kam, wurde mit einem »Ui, ja da schau her« quittiert. Manches konnten wir auf den ersten Blick aus Unkenntnis der englischen Sprache auch gar nicht identifizieren. Aber bevor wir die Verpackung aufmachten, behalfen wir uns – bloß bei den Büchsen half das leider nichts – mit unserem Geruchssinn. Meine Mutter erkannte gleich, dass das eine Päckchen einen herrlich riechenden Kaffee enthalten musste. Und Vati rief, nachdem er an einem kleineren Beutel gerochen hatte: »Das ist bestimmt ein Tabak.«

So war es dann auch. Vati ließ mich daran riechen. Er duftete wunderbar nach Feigen. Die paar kleinen Täfelchen mit der Aufschrift »Hersey« erwiesen sich als die beste Schokolade, die ich jemals gegessen hatte.

Jetzt öffneten wir auch die Büchsen. Die eine enthielt Schmalz, die andere ein weißes und wieder eine andere ein gelbes Pulver. Wir rieten ein wenig herum und kamen zu der Einsicht, dass es sich dabei wohl um Trockenmilch und Trockenei handeln musste. Auch eine Schachtel Zucker und eine Büchse mit Bonbons fanden wir noch. Unter allem aber lag ein Brief, den mein Vater mit feierlicher Stimme vorlas:

»Lieber Beps« (so wurde mein Vater von Verwandten und Freunden genannt) – »ich habe nach diesem blöden Krieg viele Erkundigungen eingezogen und endlich Deine Adresse herausgebracht. Ich weiß auch, dass Du einen Sohn hast.«

In einem lustigen Deutsch, in das sich ein paar englische Wörter mischten, erzählte Onkel Christl dann von sich. Wir erfuhren, dass er mit seiner Frau, der Regina, und seinen zwei Töchtern in New York wohnte und dort eine Stelle als Chefkellner bekleidete. Er bat uns, wir sollten ihm doch schreiben und erzählen, wie es uns gehe. Und dann teilte er uns noch mit, dass er an seine Schwester, die Centa in Ingolstadt, auch ein Packerl abgeschickt habe. Am Schluss standen in anderer Schrift noch ein paar ganz liebe Zeilen meiner Tante Regina, die offensichtlich das Packerl so kunstfertig auf die Reise gebracht hatte. Sie forderte uns auf, wir sollten doch schreiben, wenn wir etwas ganz besonders notwendig bräuchten.

Selbstverständlich gingen wir mit unseren Schätzen sehr liebevoll und sparsam um. Kaffee gab's nur zu besonderen Anlässen, und pro Tag genehmigte ich mir genau eine Rippe der Hersey-Schokolade als Betthupferl. Mein Vater schrieb sofort einen langen Dankes- und Freudebrief an seinen Bruder und seine Schwägerin.

Nun bekamen wir in regelmäßigen, wenn auch größeren Abständen unser »Packerl«. Ganz so, wie es in einem damals beliebten Schlager hieß: »Kommt ein Packerl aus Amerika von unsrer Tante Erika ...« Von einem ganz besonderen wird gleich noch die Rede sein.

Unsere Nelly

Mein Glück in dieser Zeit war fast vollkommen. Ich hatte nur einen ganz sehnlichen Wunsch: Ich hätte halt so gern einen Hund gehabt. Da traf es sich gut, dass mein Vater eines Tages meinte, wir bräuchten für unser Häuschen so etwas wie einen Wachhund. Auch meine Mutter war dafür. So begannen wir uns mit der Frage zu beschäftigen, wie man zu einem solchen kommen könnte, vor allem aber auch, welche Rasse denn die beste wäre.

Mein Vater wurde fündig. Ich weiß nicht, wie er es angestellt hat, aber eines Tages überraschte er uns mit der freudigen Nachricht, in Erding habe er über einen Bekannten einen Mann kennen gelernt, dessen Hündin vor ein paar Tagen Junge bekommen habe. Da wäre lediglich noch das Problem, dass der Hundebesitzer kein Geld, sondern Naturalien wolle: einen Zentner Weizen. Ich glaube, der Mann hatte auch Hühner. Dank Vaters guten Beziehungen zu alten Bekannten mit einer kleinen Landwirtschaft ließ sich aber auch diese Schwierigkeit meistern.

Mein Vater, der keine Zeit hatte, beauftragte meine Mutter und mich, den kleinen Schnauzer abzuholen. Damals hörte ich zum ersten Mal, um welche Rasse es sich handelte: »Salz-und-Pfeffer-Schnauzer«. Das sagte mir zunächst wenig, bis mir mein Vater erklärte, dass das der ideale Hund für uns sei, nicht zu groß und nicht zu klein, wachsam, treu. »Und«, meinte er, »die Schnauzer fangen auch Mäuse und Ratten.« Das war gar nicht so unwichtig, denn im Gartenhäuschen hatten wir bereits ein paar dieser grauen »Haustiere« entdeckt.

Auf der Fahrt nach Erding drehte sich das Gespräch natürlich nur um den Hund: wie er wohl aussähe, wie groß er wäre. Endlich kamen wir an und liefen vom Bahnhof so schnell wir konnten zu der uns bekannten Adresse.

Und dann bekamen wir mit ein paar guten Wünschen das entzückendste Wesen überreicht, das ich bis dahin kennengelernt hatte: eine kleine graue Hundedame mit bereits kupiertem Stummelschwanz und Hängeohren. Das für einen reinrassigen Schnauzer – und das war unsere Hündin – sonst übliche Beschneiden der Ohren hatte der Besitzer ihr ersparen wollen.

Ich nahm das kleine graue Bündel liebevoll in die Arme, wir verabschiedeten uns von dem Mann und fuhren mit dem nächsten Zug zurück. Noch ganz genau habe ich das Bild unserer Rückfahrt vor Augen. Meine Mutter hatte die Kleine in eine mitgebrachte große Tasche gesteckt. Es war eine typische Nachkriegs-Tasche, die aus irgendwelchen roten Kabelresten geflochten war. Auf einmal lief ein kleines Bächlein aus der Tasche, das wir natürlich schnell aufwischten.

Zu Hause empfing uns mein Vater schon neugierig. Zwischen ihm und der neuen Hausgenossin war es Liebe auf den ersten Blick. Bei aller Anhänglichkeit, die die Hündin fortan zu uns allen zeigte, mein Vater war die absolute Nummer eins. Er stellte der Kleinen sofort ein Schüsselchen Wasser und Milch hin, das sie schwanzwedelnd in Windeseile ausleckte.

Nun begann der große Familienrat zwecks Namensgebung. Ich schlug »Old Shatterhand« vor, Vater brachte den Namen »Hexi« ins Spiel. Meine Mutter plädierte dagegen für »Nelly« und blieb damit nach einer kurzen Diskussion Siegerin.

So bemühten wir uns, dem Hündchen bei jeder sich bietenden Gelegenheit diesen Namen zuzurufen. In erstaunlich kurzer Zeit reagierte unser neuer Liebling darauf. Sie war auch sehr schnell stubenrein und folgte vor allem meinem Vater aufs Wort.

Ein paar Eigenheiten aber behielt Nelly bis zum Schluss bei. So hatte sie schreckliche Angst vor dem Wasser. Jeder Waschvorgang war eine Quälerei nicht nur für Nelly. Sie hatte geradezu einen Riecher, wann die wieder einmal fällige Reinigung geplant wurde. Dazu stellten wir im Garten eine kleine Wanne auf, gaben Seifenlauge hinein und füllten sie mit dem Gartenschlauch. Wo auch immer sich Nelly befand, sie bekam die ihr bevorstehende Prozedur entweder durch Geruch oder Gehör mit, zog ihren Schwanz ein und robbte in einer ihr eigentümlichen Weise davon. War sie irgendwo in dem großen Garten, dann war es schier unmöglich, sie einzufangen. Wir waren alle drei gefordert, die richtige Taktik zu entwickeln, um ihrer habhaft zu werden. Da half bei der ansonsten sehr folgsamen Nelly kein Befehl, sie rannte und rannte. Und wehe, die Gartentür stand offen! Anfangs waren auch die Zäune ringsum morsch und schadhaft. Kein Wunder, dass sie immer wieder eine

Lücke entdeckte, durch die sie auf das Grundstück eines Nachbarn entwischen konnte. Am schlimmsten war es, wenn sie zu den Schobers flüchtete. Das war ein älteres Ehepaar, das in einem großen Haus mit ausgedehntem Garten wohnte. Und sie fanden immer wieder irgendeine Kleinigkeit, die sie monieren konnten. Es ist klar, dass unter diesen Umständen Nellys wilder Galopp über die gepflegten Blumenbeete des Adam Schober für einigen Ärger sorgte.

Wir arbeiteten also immer wieder an einer Waschstrategie und mussten schließlich zu der Notlüge greifen, dass mein Vater ihr unter dem Vorwand, mit ihr Gassi gehen zu wollen, die Leine anlegte. Dennoch geschah es, dass sie sich, als sie die Gefahr roch, losriss. Oder wir hatten sie schon mit vereinten Kräften im Bottich und hielten sie im »Wassi« fest, doch sie entwischte uns patschnass und seifig glatt wieder. War es aber endlich gelungen, sie mit aller Gewalt einigermaßen zu reinigen, dann gab es kein Halten mehr, wenn wir sie wieder freigaben. Sie rannte lange Zeit kreuz und quer durch den Garten und schüttelte sich immer und immer wieder. Im schlimmsten Fall entdeckte sie eine besonders schmutzige Stelle, an der sie sich dann inbrünstig wälzte – »woigelte«, wie wir das nannten.

Dieses »Woigeln« war eine Lieblingstätigkeit von Nelly. Oft genug rätselten wir, nach was sie dieses Mal wieder so gotterbärmlich stank. Beim Spazierengehen über die Wiesen – mein Vater ließ die Nelly hier ohne Leine laufen – kamen wir einmal dazu, wie sie sich geradezu wollüstig auf einer Art Silberpapier wälzte. Wir untersuchten das merkwürdige Stück näher, wandten uns aber gleich wieder mit Grausen ab, weil es stank wie die Pest. Offenbar war ein Käse mit der stärksten Geruchsausstrahlung, ein Limburger, darin eingewickelt gewesen. Nelly hatte einen so grauenhaften Geruch an sich, dass wir sofort zur Waschung schreiten mussten. Unser Hund bewies aber auch in der Folgezeit eine geradezu geniale Fähigkeit, bei fast jedem Gassigehen ein solches Stinkpapier aufzuspüren. Mein Vater sah sich schließlich gezwungen, Nelly bei seinen Spaziergängen nicht mehr von der Leine zu lassen.

Im Übrigen war unsere vierbeinige Hausgenossin aber ein äußerst unkompliziertes Wesen. Nur einmal bin ich ihr wirklich böse gewesen. Als wir sie einmal für eine Stunde allein im Hause zurückgelassen hatten, traten mir bei der Rückkehr die Tränen in die Augen. Sie hatte sich offensichtlich aus Langeweile über mein letztes Weihnachtsgeschenk, den »Lederstrumpf«, hergemacht und das Buch in Stücke zerrissen. Aber ich verzieh es ihr schnell, zumal ich das Buch ja längst ausgelesen hatte.

Nelly war auch der Anlass für einen zweifelhaften kulinarischen Genuss. Natürlich hatten wir dem Onkel Christl und der Tante Regina gleich von unserem Haustier geschrieben. Eines Tages bekamen wir wieder ein Packerl. Ohne den Brief zu lesen, untersuchten wir sofort die Schmankerl, die es enthielt. Da entdeckte ich eine Schachtel, wie wir sie bisher noch nicht bekommen hatten. Neugierig machte ich sie auf. Oh, da waren Kekse drin! Ich gab je eins Vati und Mutti und probierte selber eins. Es schmeckte enttäuschend. Erst als mein Vater den Brief laut vorlas, wussten wir, warum. Da stand, dass sich Onkel und Tante sehr über Nelly freuten und ihr eine Packung Hundekuchen mitgeschickt hätten. Ein bisserl gegraust hat es mir im Nachhinein schon, weil ich mir überlegte, was wohl alles an Zutaten darin war. Das Erlebnis war aber harmloser als das, von dem ich bei einem späteren Besuch in Erding erfuhr. Die Geschichte kursiert heute noch in der Stadt:

Irgendeine Familie hatte auch ein Packerl aus Amerika erhalten. Es ging den Empfängern wie uns. Alles schien neu und im Vergleich mit der Qualität unserer Nachkriegsware unglaublich begehrenswert: der Kaffee, die Schokolade, die Kekse. In einem Packerl fanden die guten Leute in Erding, nennen wir sie einmal die Hupfers, neben den üblichen, schon vertrauten Genüssen eine geheimnisvolle kleine Dose, die sie interessiert öffneten. Sie war voll mit einem Pulver. Die Hupfers hatten schon den ihnen bis dahin gänzlich unbekannten Nescafé mit Freude genossen. Nach kurzer Beratung kamen sie zu der Erkenntnis, dass es sich bei dem Pulver wohl um eine Art Nestee handeln müsse. Den galt es natürlich sofort zu probieren. Frau Hupfer setzte einen großen Topf Wasser auf, überbrühte in einer Teekanne das Pulver und gab Zucker dazu. Keinem mundete das Getränk besonders. »Na ja, die haben halt in Amerika auch oft einen anderen Geschmack«, trösteten sie sich. Endlich entdeckten sie am Boden des Päckchens noch einen Brief. Herr Hupfer las ihn durch, wurde kreidebleich und begann zu husten. Dort stand nämlich, dass die alte, ebenfalls in den USA lebende Tante Anna jüngst verstorben sei. Sie habe nur einen Herzenswunsch gehabt, im Friedhof ihres geliebten Erding ruhen zu dürfen. So habe man sie eingeäschert und schicke sie auf diesem ungewöhnlichen Weg mit der Bitte, ihr diesen letzten Wunsch, im Erdinger Gottesacker ihre letzte Ruhestätte finden zu dürfen, wie auch immer zu erfüllen. »Um Himmels willen«, schrie die Frau Hupfer und lief sofort zum Dr. Deisböck, jenes schon erwähnte Erdinger Original. Der war aber gerade auf Patientenbesuch. Als er zurückkam, rannte ihm die Frau Hupfer gleich entgegen und erzählte ihm, was passiert war.

»Wie lang ist denn das schon her?«, wollte er wissen.

Die Hupferin schaute auf ihre Uhr und stellte fest, dass jetzt wohl schon zweieinhalb Stunden vergangen seien.

»Oh mei«, lachte der Dr. Deisböck, »wenn's Ihnen bis jetzt net gschadet hat, nachher könnts euch ruhig den Onkel auch noch schicken lassen.«

Ich habe diese Geschichte auch schon anderswo gehört. Mir scheint der Ursprungsort Erding aber deshalb wahrscheinlich, weil so einen Ausspruch nur der Dr. Deisböck getan haben kann.

Die »Hühnerfarm«

Das Schuljahr ging nun langsam zu Ende. Ich war nicht mehr der Neuling aus Erding, sondern voll und ganz in die Klasse eingegliedert. Am Ende hob mich das gestrenge Fräulein Bauer noch eigens hervor: »Nehmt euch ein Beispiel an dem fleißigen Helmut«, sagte sie. »Es ist sehr erfreulich, wie er nicht nur alles aufgeholt hat, sondern welche prima Noten er jetzt hat. Ich werde mit deinen Eltern reden. Wenn du so weitermachst, sollst du unbedingt aufs Gymnasium.«

Die Ferien verbrachte ich natürlich wie fast alle aus der Klasse daheim. Wo hätten wir auch hinfahren sollen? Hatte ich doch alles, was mein Herz begehrte, in meiner unmittelbaren Nähe: den Garten, die Wiesen, meine lieben Eltern, eine Menge Freunde und natürlich meine heiß geliebte Nelly. Mein Vater werkelte in jeder freien Minute am Haus herum, das für die damaligen Verhältnisse immer schmucker wurde. Im Garten errichtete er einen Schuppen, in den er zu meiner großen Freude auch einen kleinen Hühnerstall einbauen wollte. Wir grenzten einen Auslauf ab, und die lieben alten Bauernfreunde aus Erding und Umgebung steuerten vier Hennen und einen Gockel bei. Eines der Hühner war nach kurzer Zeit so zahm, dass wir es auch hin und wieder mit ins Haus nahmen. Meine Mutter nannte es liebevoll »Muader«. Der Gockel aber war ein äußerst aggressiver Bursche. Er führte ein strenges Regiment über seinen Harem. Jeder Gang ins Gehege war ein Abenteuer, denn er hüpfte kampfeslustig auf den Eindringling los und biss und kratzte ohne Rücksicht auf Verluste. Aber auf mich hatte er es besonders abgesehen. Denn ich hatte bald gelernt, sein Kikeriki und seine Lockrufe an seine »Damen« nachzuahmen. Das versetzte ihn in Weißglut. Ein paar Mal glückte ihm eine kurze Flucht durch den Zaun. Dann lauerte er mir auf und stürzte sich wie ein Kamikaze-Flieger auf mich. Ich hatte richtige Angst vor dem Ungetüm, und lange Zeit stand gleich neben der Tür ein Stock, damit ich mich bei einem eventuellen »Überfall« wehren konnte.

Eines meiner schönsten Kindheitserlebnisse war das erste Ei, das unsere neuen Hausgenossinnen legten. Wir haben es in einer wahren Zeremonie gekocht und ganz genau aufgeteilt. Die Nelly bekam sogar noch ein winziges Stückchen Dotter. Bald konnten wir jeden Tag einige solcher Wunder der Natur im Nest finden. Damit hatte die Küche, was Spinat mit Ochsenaugen (der alte bairische Ausdruck für Spiegeleier) oder Pfannkuchen anbetraf, eine wunderbare Bereicherung erfahren. Selbstverständlich ließ sich durch ein paar Eier auch der Geschmack der Kuchen beträchtlich verfeinern.

Es sollte aber noch besser kommen, denn eines Tages überlegten meine Eltern, ob wir nicht für Nachwuchs auf unserer »Hühnerfarm« sorgen sollten. Tatsächlich erklärte sich unsere »Muader« bereit, das Brutgeschäft zu übernehmen. Keine Frage, dass ich alle Daumenlang nachschaute, wie weit sie schon wäre. Und dann kam ich eines Tages genau im richtigen Augenblick: Das Erlebnis, wie aus einem scheinbar toten Ei Leben wurde, ist mir bis heute unvergesslich. Das Schnäbelchen des Kükens wurde zuerst sichtbar, dann das Köpfchen, und schließlich war das kleine, noch verklebte Wesen mit seinen Geschwistern ganz ausgeschlüpft. Ja, und wie dann die kleinen, gelben »Bieberl« noch unbeholfen ihre ersten Versuche machten, herumzulaufen ... Nirgends kann man wohl so beeindruckend über das Wunder Leben staunen wie bei diesem Ereignis. Schade, dass es nur noch auf wenigen Bauernhöfen frei laufende Hühner gibt. Und für mich ist es unendlich traurig, wenn ich an die entsetzlichen Massenhühnerfarmen denke, wo die kleinen Wesen, in Brutmaschinen zur Welt gebracht, einem kurzen, trostlosen Leben entgegensehen!

Mein Gott, wie hatten es dagegen unsere Hennen und der böse Gockel gut, die schließlich alle einmal an Altersschwäche gestorben sind. Davor aber erlebten wir noch eine glückliche Zeit miteinander. Auch unsere Nelly, die ja zunächst am liebsten auf Hühnerjagd gegangen wäre, schloss Waffenstillstand mit den unvermeidlichen Hofgenossen – bis auf einen Rückfall, von dem ich noch erzählen werde.

So erlebte ich die Währungsreform

Die Ferien waren wie im Flug vergangen, und schon gings wieder in die gewohnte Schule an der Boschetsrieder Straße. Natürlich bekamen wir wieder das Fräulein Bauer, das uns gleich am ersten Schultag klar machte, dass nun für einige der Ernst des Lebens beginne: nämlich für die, die in die Oberschule wollten. Autoritär, wie sie war, teilte sie bald den Eltern im Einzelgespräch mit, welche schulische Laufbahn sie jedem Einzelnen zugedacht hatte. Es gab damals noch die Unterscheidung zwischen Oberschule und Gymnasium. Letzteres galt noch als etwas ganz Besonderes. Meinen Eltern gegenüber hatte sie ganz bestimmt geäußert: »Der Helmut geht aufs Gymnasium.«

Auf das Gymnasium sollten nur noch zwei andere aus meiner Klasse gehen. Bei ein paar weiteren plädierte sie für die Oberschule. Schon im Herbst begann sie, die von ihr Auserwählten zweimal in der Woche mit einer Zusatzstunde vorzubereiten. Mit einer Strenge und Konsequenz, die uns natürlich damals auch hin und wieder ganz schön auf die Nerven ging, spannte sie uns in einen Intensivkurs mit zusätzlichen Hausaufgaben ein.

Mein Vater baute jede freie Minute am Haus weiter und machte es zusammen mit lieben, guten Helfern immer gemütlicher und winterfest.

Wir schrieben jetzt das Jahr 1948 – das Jahr der Währungsreform. Die alte Reichsmark hatte immer mehr an Wert verloren. Man bekam zwar das zum Leben Notwendige für sein Geld, alles aber, was darüber hinausging, war lediglich durch Tauschhandel oder auf dem »Schwarzen Markt« erhältlich. Der blühte in München in der Möhlstraße. Meine Eltern und ich waren aber nie dort. Wir waren ja dank unseres Gartens und dank Tante Käthi und Onkel Jakob gut versorgt. Hin und wieder besuchten uns aus Erding und Umgebung frühere Angestellte meines Vaters, allen voran sein Chauffeur aus alten Frankreich-Zeiten, der Herr Fürmetz, der inzwischen ein gutgehendes kleines Transportunternehmen in Taufkirchen gegründet hatte. Sie ratschten mit Vati über früher, brachten aber fast immer auch eine Kostbarkeit wie ein Geräuchertes, frische Butter oder sogar manchmal ein Hendl mit.

Von einer Minute zur anderen kam also dann die Währungsreform. Alle starteten unter denselben Anfangsbedingungen: 40 Deutsche Mark. Ich erinnere mich noch genau, wie ich kurz darauf mit meiner Mutter in die Stadt fuhr und in einem großen Geschäft plötzlich Waren angeboten wurden, von denen man bisher nur hatte träumen können. Es ist für mich bis heute ein Rätsel, woher das so schnell alles kam. Nun gab es also alles Mögliche zu kaufen – bloß war jetzt das Geld sehr, sehr knapp. Gerade Grundstücke waren in dieser Zeit in Hülle und Fülle zu haben. Ich habe oft darüber nachgedacht, wie viel jemand hätte gewinnen können, der die ersten Monate nach der Reform asketisch gelebt und jede Mark in Grundstücken angelegt hätte. Natürlich gab es damals tatsächlich Leute, die optimistisch einiges riskierten und später zu großem Reichtum gelangt sind. Meine Eltern gehörten nicht dazu. Immerhin kauften sie aber nicht einfach blind ein, steckten auch ein wenig in unser Häuschen und legten für alle Fälle etwas zurück. Noch heute erinnere ich mich, dass sie sogar einem entfernten Verwandten, einem gelernter Metzger, nach einem Jahr die für damalige Zeiten unglaubliche

Summe von 1000 Mark leihen konnten. Das hatten sie sich mühevoll vom Gehalt meines Vaters, das damals etwa 300 Mark betrug, zusammengespart. Unser Verwandter wollte sich damit eine Metzgerei kaufen. Es ist aber nichts Gescheites daraus geworden, und ich weiß nicht einmal, ob dieser Neffe meiner Mutter jemals das Geld zurückgezahlt hat. Mit dem Tausender hätte man jedenfalls damals, beispielsweise in der Gegend Eichenau oder Puchheim, riesige Grundstücke kaufen können, um sie bei Gelegenheit mit Gewinn wieder zu verkaufen und das Geld an anderen Stellen zu investieren. Ja, dann säße ich wohl nicht da und müsste, um mir ein kleines Zubrot zu verdienen, meine Biografie im Schweiße meines Angesichts niederschreiben.

Aber im Ernst, meine Eltern, vor allem mein Vater, hätten nie einen Kredit aufgenommen. Gerade das haben ja in der damaligen Zeit einige mit großem Erfolg getan.

Ich glaube, Vati hat sich nie auch nur ein einziges Markl ausgeliehen. Er war wirklich die Verkörperung des heute fast vergessenen Wortes Redlichkeit.

Nein, ich hadere bei Gott nicht mit irgendwelchen Chancen, die damals vielleicht versäumt worden sind. Denn sicher hätte ich viele meiner Freunde so nie kennengelernt. Es war sicher besser, dass sowohl meine Eltern als auch ich hart für meinen Erfolg arbeiten mussten. Wie glücklich bin ich immer wieder, dass ich mich aus diesem Grunde nach wie vor an den vielen Dingen freuen kann, die eben für mich alles andere als selbstverständlich sind.

Ein glückliches Weihnachtsfest

Als die ersten kalten Herbsttage kamen, hatten wir nicht zuletzt durch ein paar in der neuen Währung erworbene Neuanschaffungen ein wunderbares Zuhause, in dem es bacherlwarm war. Probleme mit dem Heizen gab es nicht. Das lag unter anderem an unseren Nachbarn, den Pfanzelts, denn der Vater vom Maxi ließ beim Zuteilen der Kohle- und Holzration immer wieder einmal zu unseren Gunsten fünfe gerade sein.

Weihnachten rückte näher, und ich habe damals noch einmal in einer wunderbaren Weise die Zeit der Erwartung durchlebt. Der Pfanzelt-Maxi schürte zwar meine Zweifel, dass das Christkind tatsächlich jeden Einzelnen persönlich aufsuchen würde. Trotzdem war noch – vielleicht zum letzten Mal in meinem Leben – das Geheimnisvolle dieser Zeit intensiv gegenwärtig. Und vor allem, alles hatte seine Zeit. Der Nikolaus kam am 5. oder 6. Dezember, und die Christbäume erstrahlten erst am 24. Dezember im Lichterglanz. Nicht wie heute, wo bereits zu Beginn des Oktoberfests im September Adventskalender, Schokoladennikoläuse, ja sogar Christbaumkugeln in den Supermärkten angeboten werden.

Den Nikolaus durfte ich beim Onkel Jakob in der Backstube erleben. Dessen Tochter, meine kleine Cousine Hannelore, und die drei Töchter meines Onkels Hans saßen mit ein paar anderen Kindern erwartungsvoll da. Dann erschien der heilige Mann, begleitet von einem Engel, also nicht vom Knecht Ruprecht oder vom Krampus. Wir mussten alle ein Gedicht aufsagen, und ich erinnere mich, dass mir die schönen Zeilen von Karl Mays »Weihnacht« einfielen, das ich gerade las:

Ich verkünde große Freude,
die euch widerfahren ist,
denn geboren wurde heute
euer Heiland Jesus Christ.

Natürlich wurde ich ebenso wie die anderen mit ein paar Köstlichkeiten von unserem Onkel Jakob belohnt. Der kam ja immer gut an Waren heran, die auf dem Markt normalerweise gar nicht zu bekommen waren, wie Orangen oder Bananen. Ganz genau erinnere ich mich auch, dass im Anschluss an den Nikolaus-Besuch eines der anwesenden Mädchen lauthals verkündete: »Ich hab's immer gesagt, dass Engel keine Fleischflügel haben. Denn ich hab deutlich gesehen, dass der eine Goldflügel einen Riss hatte.«

Wir feierten natürlich mit dem Adventskranz und den vier Kerzen, die wir zusammengebracht hatten, in freudiger Erwartung des Weihnachtsfestes jeden Adventssonntag.

Am Heiligen Abend fuhren wir am Nachmittag zu meiner Großmutter, wo sich die ganze Verwandtschaft einstellte – das war bis zu ihrem Tod so der Brauch. Nur einer fehlte in diesem Jahr, schrecklich vermisst von meiner Omama, wie ich sie nannte: ihr jüngster Sohn, der Onkel Bertl, mein Taufpate. Der Onkel Bertl hatte das Pech gehabt, in russische Gefangenschaft zu kommen. Wir hatten keine Nachricht von ihm, und niemand wusste, ob er noch lebte.

Nach dem gemeinsamen Kaffee in der Wohnung meiner Omama und des Opas stiegen wir noch im Abenddämmerlicht in die Straßenbahn – ich glaube, es war die Linie 22 –, fuhren bis zum Harras und von da mit der »Sechser« zur Haltestelle Eichendorffplatz.

Mein Vater verschwand als »Hilfe vom Christkindl« im sogenannten Wohnzimmer. Die Mutter legte währenddessen die Bauernwürste – wir hatten sie uns traditionsgemäß aus Böhmfeld, dem Heimatort meines früh gefallenen leiblichen Großvaters, schicken lassen – in den Topf. Für unsere Nelly, die den Nachmittag brav zu Hause verbracht hatte, hatte sie ein paar Rosswürste besorgt. Die lagen dann genauso unter dem Christbaum wie die anderen Geschenke.

Es blieb bis zum Tod meines lieben Vaters gute Tradition, dass, wenn »das Christkindl fertig war«, ein Glöcklein erklag. Diese Klingel habe ich noch und habe bis heute jede Bescherung damit eingeläutet.

Der Christbaum stand in vollem, buntem Glanz. Wieder hatten meine Eltern unterm Jahr diesen und jenen kleinen Schmuck »erbeutet« und ein paar Kerzen zusammengesammelt. Und wieder hatten sie in der so kargen Zeit Geschenke gefunden, die mein Herz höher schlagen ließen. In erster Linie waren es Bücher, darunter sogar ein Karl May, und ein paar Spiele. Tatsächlich hatten sie es auch geschafft, eine Schachtel jener bunten Plättchen aufzutreiben, die als »Flohhupferl« bekannt sind, weil man sie so schön springen lassen kann, wenn man sie am Rand niederdrückt. Die Nelly stürzte sich auf die Würste, wir sangen im Kerzenschein »Stille Nacht« und gingen kurz in die Küche, wo die unvergleichlichen Bratwürste mit den Brezen von Onkel Jakob kredenzt wurden. Nochmals ein herzliches Vergelt's Gott, liebe Eltern und liebes Christkind, für die wunderschönen Weihnachtsabende, die ich durch und mit euch erleben durfte! Wenn es in meinem Leben einmal finster war und ist, dann strahlt jener wunderbare Stern vom Weihnachtsfest in der Hölderlinstraße herein!

Am ersten Feiertag ging ich mit meinen Eltern in den Zehn-Uhr-Gottesdienst zu Stadtpfarrer Meisinger aus unserer Heimatpfarrei St. Heinrich. Die Gottesdienste fanden damals in der schönen Altenheimkirche von St. Josef am Luise-Kiesselbach-Platz statt, weil die Kirche St. Heinrich einem Bombenangriff zum Opfer gefallen war. Voller Inbrunst sangen wir dort die schönen Weihnachtslieder.

Fußball für Schlechtwettertage: das Schnippspiel

Lesen und Spielen lösten sich die nächsten Tage ab. Vor allem aber machte ich mich an die Flohhupferl heran. Da gab es nämlich ein Spiel, das mir der Pauli – mein Torwart-Kollege von der Eichendorffwiese – gezeigt hatte. Er nannte es »Schnipp«. Es wurde mit diesen Plättchen gespielt. Als Ball diente eine winzige Kugel aus Silberpapier. Die Spieler, elf an der Zahl wie beim richtigen Fußball, wurden mit dem Drücker bewegt. Der Torwart bestand aus zwei aufeinander geklebten Plättchen, er brauchte ja eine größere Kapazität zum »Halten«. Als Tore dienten Streichholzschachteln.

Das Wichtigste war nun, dass man die Plättchen abschliff. Für das Flohhupferlspiel waren sie abgerundet, damit man sie in den Topf drücken konnte. Jetzt aber mussten sie sich auf den Ball flach zubewegen. So holte ich mir aus dem kleinen Werkzeugkasten meines Vaters eine Feile und begann die schwierige Kleinarbeit der Umfunktionierung der Flohhupferl zu Fußballstars. An unserem Wohnzimmertisch, der die größte Tischplatte hatte, probierte ich dann aus, ob die »Spieler« den richtigen Schliff hatten. Ihn zu finden, war gar nicht so einfach, denn die Spieler durften weder zu langsam noch zu schnell gleiten. Aber ich hatte ja über die Weihnachtsferien Zeit.

Als Bayern-Anhänger habe ich mir natürlich zuerst die roten Flohhupferl vorgenommen. Am Ende klebte ich noch zwei Plättchen aufeinander für den zukünftigen Torwart, den Schmalzl – ich habe ja schon erwähnt, dass der Keeper dieser Mannschaft damals so hieß. Dann machte ich mich über die weißen Flohhupferl her, die ich zum VfB Stuttgart erklärte.

Das Wetter war in diesen Tagen recht ungastlich. Nicht einmal der Schmidbauer-Dietmar, mein Klassenkamerad aus der angrenzenden Gerokstraße, der sonst mit mir bei jedem Sauwetter Fußball spielte, hatte so recht Lust dazu. So verlagerten wir unsere Matches auf den Wohnzimmertisch, den wir mit Einverständnis meiner Eltern mittels einer abwaschbaren Kreide nach sorgfältigen Vermessungen von »Fünfer« und Strafraum in das Sechziger-Stadion verwandelten, wie das Stadion an der Grünwalder Straße allgemein, sogar bei Bayern-Anhängern, genannt wurde. Mit dem Dietmar, der den VfB Stuttgart zugeteilt bekam, und dem Pauli, der seinen Club, den FC Nürnberg, selbst mitbrachte, starteten wir das erste Fußballturnier in der Hölderlinstraße.

Schnipp wurde meine große Leidenschaft. Besonders mit meinem Cousin Albert, dem neben mir einzigen männlichen Nachkommen aus der Zöpfl-Linie – er ist der Sohn der Schwester meines Vaters, der Tante Centa –, ging es zur Sache. Der war zu jener Zeit von Ingolstadt nach München gezogen und lebte, weil meine Tante in Ingolstadt alleinerziehend und berufstätig war, bei Pflegeeltern. Die wohnten nun genau in demselben alten Mietshaus in der Ysenburgstraße in Neuhausen wie mein Onkel Hans mit der Tante Lisi und meinen Cousinen Annelies, Hildegard und Lieselotte.

Der Albert, der zwei Jahre älter ist als ich, war beim Besuch in unserem Häuschen sofort von dem Schnippspiel begeistert. Er feilte das Spiel fast zur Vollendung aus.

Nicht nur, dass er eine wirkliche Perfektion im Zuschleifen der Plättchen entwickelte. Für ein eigenes »Stadion« in der Ysenburgstraße organisierte er über seinen ganz lieben Pflegevater, dem Herrn Dilger, der bei Löwenbräu arbeitete, eine große braune Spanplatte. Die malte er mit grüner Tinte an und trug darauf mit anderer Farbe die für ein Fußballfeld nötigen Linien wie Begrenzung, Strafraum und so weiter auf. Sogar kleine Tore aus Holzstäbchen und Fliegengitter – sie waren abbau- und auswechselbar – befestigte er darauf. Zusammen mit dem Albert tüftelten wir immer neue Regeln aus, die das Spiel dem richtigen Fußballspiel immer ähnlicher machten. Wir erkannten auch schnell, dass der zusammengeklebte Torwart Schüssen gegenüber fast chancenlos war. So erfand ich einen Torwart aus einem zugeschnittenen Radiergummi. Den harten Drücker ersetzten wir nach vielen Tüfteleien durch ein weicheres Material – wir fanden es bei manchen Türen als Auflage um das Schlüsselloch herum und schnitten es selbst zu. Im Verlauf der Zeit brachte der Albert auch noch an den Rändern kleine Latten an, die verhinderten, dass der Silberpapier-Ball alle Daumenlang vom Tisch herunterfiel, was immer langes Suchen erforderte.

Der von mir am meisten bewunderte Höhepunkt der Schaffenskunst meines Cousins war aber die Stadionuhr. Er konstruierte dafür ein kleines Gestell, auf das er seine Taschenuhr montierte (mein Vater war sein Firmpate und hatte ihm diese Uhr geschenkt).

Dagegen ist mein handwerkliches Geschick bis heute sehr bescheiden geblieben. So bedurfte es der regen Mitarbeit meines Vaters, bis ich einigermaßen nachziehen konnte und in der Hölderlinstraße ein für größere Turniere ähnlich geeignetes Stadion wie das in der Ysenburgstraße anbieten konnte. Über die Jahre gab es dann bald hier, bald dort nicht nur deutsche Meisterschaften, sondern als Höhepunkt des Schnippjahrs sogar eine Weltmeisterschaft. Und das nicht nur im Einzel, sondern auch im Doppel, also mit zwei Spielern auf jeder Seite. Dabei fungierte, wenn er nicht selber gerade spielte, der Albert als gewandter Sportreporter. Er beherrschte dabei perfekt den Tonfall seines Vorbildes Josef Kiermeier, der damals beim Bayerischen Rundfunk eine Institution war. Ich war sicher, Albert würde einst Sportreporter werden. Er hat dann aber eine andere, nicht weniger bewundernswerte Karriere gemacht: Nach einer Lehre in der Brauerei arbeitete er sich bis zum Vorstand der Firma empor. Später brachte er als Direktor des Hofbräus dieses Unternehmen in kürzester Zeit von tiefroten Zahlen weit in die Gewinnzone.

Irgendwann, wir waren schon über zwanzig Jahre, spielten wir unser letztes Schnippspiel und versicherten uns per Ehrenwort, dass wir am ersten Tag nach unserem Abschied in den Ruhestand unsere sportliche Tätigkeit auf diesem Gebiet wieder aufnehmen wollten. Der Berti hat zwar noch alle seine Schnipps – mir ist bei einem Umzug die erste Mannschaft irgendwie verloren gegangen –, aber er hat trotz heute noch ständiger Mahnung das Versprechen nicht eingehalten. Schade. Ob wir auf unsere erste neue Partie bis zur Ewigkeit warten müssen? Ich jedenfalls hoffe darauf, dass es auch »da drüben«, im großen Glück, auch noch die Spiele gibt, denen wir das kleine Glück unserer Kindheit verdanken.

Eine feierliche Erstkommunion in karger Zeit

Im Frühjahr des nächsten Jahres stand meine erste heilige Kommunion an. Natürlich wurden wir in der Schule von dem schon erwähnten Stadtpfarrer Meisinger bestens auf dieses Fest vorbereitet. Der Pfarrer war mit seinem Kaplan, Pater Manfred, unermüdlich in der Schule tätig. Wir beherrschten dank der Sangesfreude Meisingers alle gängigen Kirchenlieder bestens. Und sogar der Pfanzelt-Max sang hier ausnahmsweise nicht seine Fassung des »Jägers aus Kurfpfalz«.

Das größte Problem bei meiner Erstkommunion war die Beschaffung der Kerze. Den dunklen Anzug bekam ich aus einem Kostüm geschneidert, das meine Mutter dafür opferte. Das war möglich, weil fast alle Buben damals kurze Hosen trugen. Aber die Kerze …

»Wo hernehmen und nicht stehlen«, seufzte mein Vater immer wieder, bis ihm die Idee kam, an unseren lieben Onkel Christl heranzutreten. Tante Regina versprach in einem Brief, alles nur Mögliche zu versuchen, um eine solche Kerze aufzutreiben. Allerdings schätzte sie das Unterfangen als schwierig ein, da offenbar Kommunionskerzen in den USA nicht im Handel waren. Dann überraschte sie uns aber doch mit einer großen gelblichweißen Kerze, wenn auch ohne jeden Schmuck. Meine Mutter pochte nun in Erinnerung an ihre eigene Erstkommunionfeier darauf, dass ich nicht eine so kahle Kerze tragen dürfe. Ich weiß nicht mehr, wie es meine erfinderischen Eltern geschafft haben – aber rechtzeitig vor dem großen Tag zeigten sie mir eine wunderschön geschmückte Kerze.

Ein paar Tage vorher wurde ich auch noch zum Frisör Ebenhoch geschickt. Der hatte sein Geschäft um die Ecke. Für Buben hatte er nur einen Einheits-Haarschnitt im Service – zwar nicht ganz kahl, aber fast. Erst später habe ich beim Anblick meiner Kommunionsbilder – die mein Vater mit der damals üblichen 10-Mark-Agfa-Box aufnahm – mit Entsetzen festgestellt, wie wenig Haare auf meinem Kopf übrig geblieben waren. Nur gut, dass auch noch einige andere aus meiner Klasse zu den Kunden Ebenhochs gehörten! Zur Feier waren auch mein Onkel Hans und seine Frau, die Tante Lisi, mit meinen Cousinen, meine Großeltern und die Tante Käthi, der Onkel Jakob und die Hannelore eingeladen. Das geplante Essen, Schnitzel mit Kartoffelsalat, bereitete keine größeren Probleme, ebenso wenig die Torte, die selbstverständlich vom Onkel Jakob gestiftet wurde. Aber meine Mutter wollte mir einen Herzenswunsch, den ich irgendwann einmal ausgesprochen hatte, unbedingt erfüllen: Eis. Ein paar Monate später hätte das keine Schwierigkeiten gemacht, denn da kaufte der Onkel Jakob eine Eismaschine für sein Geschäft in der Pfeuferstraße.

Seinerzeit aber war Speiseeis eine Rarität. Das Gleiche galt für Säfte und Limonade. Ein Getränk gab es allerdings lange Zeit sogar in Hülle und Fülle: Molke. Das erste Mal brachte meine Mutter von dem kleinen

Ausschank des Herrn Leuchtle vom Eichendorff-Eck eine Kanne von diesem gelblichen, süßsauren Getränk mit. Naja, ein Ersatz für die Waldmeisterlimonade, die die Marie in der Volkartstraße immer für mich parat gehabt hatte, wenn ich zu ihr in die Wohnung kam, war es nicht.

Zurück zum Eis. Meine findige Mutter hatte in dem Kleingartengelände von »Land und Sonne« ein Standl entdeckt, an dem es jeden Tag eine Sorte Wassereis oder eines aus der besagten Molke gab. Wassereis sollte es zur Kommunion, meinte meine Mutter, aber keines sein. Wohl mit tatkräftiger Unterstützung der Tante Käthi brachte sie die Naturalien zusammen, um den Standlbesitzer in den Genuss einer »Mehrlieferung« kommen zu lassen. So schaffte sie es, dass wir an meinem großen Tag zu dieser besonderen Delikatesse kamen.

Die Erstkommunion war sehr feierlich, und ich weiß noch ganz genau, wie auf der einen Seite die Buben, auf der anderen Seite die Mädchen aus den Bänken zum ersten Empfang des Leibes Christi geschritten sind. Erstaunlicherweise hatten es alle Eltern fertiggebracht, in dieser kargen Zeit für ihre Kommunionskinder würdige Anzüglein beziehungsweise Kleider zu organisieren und, man höre und staune, sogar Kommunionskerzen.

Es war ein wunderschöner Frühlingstag, den wir alle im Freien, in unserem schönen Garten, verbringen konnten. Während der Mahlzeit stahl sich meine Mutter mit ihrem strapazierten alten Radl davon und kehrte mit einem großen Kübel zurück. Darin waren jede Menge zur Kühlung zerbröckelter Eisstangen und – ein kleinerer Kübel mit dem heiß ersehnten Eis. Nie in meinem Leben habe ich etwas Besseres als die mir zugeteilten drei Kugeln Vanilleeis gegessen.

Die Anneliese hatte uns schon während des Essens damit neugierig gemacht, dass sie ein ganz großartiges Spiel wisse, das wir nachher im Garten spielen könnten. Als sie aufstand, blieb sie an einem Holzsplitter des alten Gartentisches hängen und riss sich ein Loch in ihre neuen Strümpfe. Die schönen Stücke, die sie vorher so stolz präsentiert hatte, waren kaputt! Die Trauer war riesengroß, und den Rest des Tages war nichts mehr mit ihr anzufangen. Vor allem weigerte sie sich, uns ihre Spielidee mitzuteilen. So waren wir auf das »Standardprogramm« mit »Versteckster!« und »Mensch ärgere dich nicht« angewiesen. Schnipp konnten die Mädchen ja nicht!

Der Tag ging mit einer feierlichen Abendandacht zu Ende. Und ich fühlte mich nach dem Empfang des heiligen Sakraments schon ein klein wenig wie ein Erwachsener.

Damals wurde das Nüchternheitsgebot für den Kommunionempfang noch von allen sehr ernst genommen. Als ein paar Tage später Schulgottesdienst war, fiel mir plötzlich ein, dass ich vorher ohne nachzudenken in meinen Pausenapfel gebissen hatte. Ich stand bereits in der Reihe der Kommunizierenden und sah keine andere Lösung, als kehrtzumachen und mich ohne Kommunionsempfang wieder zurück in meine Bank zu begeben. Als ich hernach dem Pfarrer Meisinger erzählte, in welche Todsünde ich beinahe gestolpert wäre, meinte der nur begütigend, dass das für den lieben Gott bestimmt kein Problem gewesen wäre.

Inzwischen hatte mein Fußball endgültig das Zeitliche gesegnet. Als Nothelfer fiel mir wieder einmal mein Onkel Christl ein. Ich schrieb ihm einen Brief mit meinem sehnlichen Wunsch. Tatsächlich bekam ich von ihm bald eine Art Ball zugeschickt. Es war aber tatsächlich nur »eine Art Ball«, denn das Ding war eiförmig. Ich hatte so etwas noch nie gesehen.

Mein Vater klärte mich auf, dass in den USA das Fußballspiel in unserem Sinne weitgehend unbekannt sei. Dort gebe es zwar einen Sport namens »Football«, der würde aber eben mit diesem Ball und nach anderen Regeln gespielt, die er selbst nicht genau kenne.

Etwas zögerlich brachte ich das Ei mit auf den Eichendorffplatz.

»Ja, was hast denn du da?«, fragte mich der Fredy mit großen Augen. Er probierte damit zu schießen, aber das »Oa« war nicht unter Kontrolle zu bringen. Ein paar Mal haben wir damit Völkerball gespielt. Aber auch da war es nicht so das Rechte.

So blieb mir nichts anderes übrig, als Onkel und Tante nochmals zu schreiben. Ein paar Wochen darauf hatten sie wiederum ihr Bestes gegeben, und in einem Packerl fand ich einen ganz großen Ball aus einem für uns damals merkwürdigen Kunststoff. Der Onkel Christl schrieb, dass das das Einzige sei, was er habe auftreiben können. Es sei ein Basketball, und er sei wohl zum Fußballspielen nicht so geeignet. Wir haben es dennoch versucht. Das Wahre war es aber nicht.

Irgendwie hat es mein Vater jedoch wieder geschafft, die beiden Bälle umzutauschen, und als nachträgliches Kommunionsgeschenk überreichte er mir einen zwar wiederum gebrauchten, aber doch noch stabilen Ball, samt Bladern. Da war erneut große Freude angesagt. Das Leder hat einige Jahre gehalten.

Ein Stück von meiner Kindheit geht zu Ende

In der Schule gingen die Vorbereitungen für die Aufnahmeprüfung ans Gymnasium weiter. Wenn ich bestünde, käme ich aufs Theresiengymnasium am Kaiser-Ludwig-Platz, zwischen Theresienwiese und Goetheplatz. Von den vier Gymnasien, die es in München damals gab, war es von unserem Domizil aus mit Abstand am günstigsten erreichbar.

Endlich war der Tag der Prüfung da. Mit mir zusammen nahmen noch zwei Klassenkameraden klopfenden Herzens daran teil, der Weigl-Heini und er Braun-Heinz. Den Letzteren hatte der Pfanzelt-Maxi »Graf Zeppelin« getauft, weil er uns einmal stolz eine Zeppelin-Briefmarke aus seiner Sammlung gezeigt hatte.

Wir wurden in Deutsch, Rechnen und Religion geprüft, mussten ein Diktat und einen Aufsatz schreiben. Das Thema für den Aufsatz hieß, wenn ich mich recht erinnere, »Beim Baden«. Im Rechnen gab es eine Menge Textaufgaben. Und schließlich bekamen wir in Religion das Thema gestellt: »Was geschah beim letzten Abendmahl?«

Wohl vorbereitet wie ich war, stellten mich die Aufgaben vor keine besonderen Probleme. In Religion schrieb ich im Überschwang auch noch über die Fußwaschung. Ich ließ Simon Petrus, der zunächst aus Ehrerbietung gezögert hatte, sich von Christus die Füße waschen zu lassen, aber nun von Jesus über die Heilswirkung aufgeklärt worden war, rufen: »Herr, dann wasche mich doch bitte dreimal!«

Der schriftlichen Prüfung folgte am nächsten Tag ein kleines Gespräch mit Lehrern, an das ich mich aber mit dem besten Willen nicht mehr erinnern kann. Ich weiß nur noch, dass mir ein hagerer, großer Professor im Anschluss über den Scheitel streichelte und sagte: »Sehr gut bestanden. Du wirst einmal ein ausgezeichneter Schüler bei uns werden.« Meine Abiturnoten gaben dieser Prognose dann allerdings nur eingeschränkt Recht.

Der Heini und der Heinz hatten die Prüfung ebenfalls gut bestanden. Meine Eltern freuten sich über mein Ergebnis, ebenso am nächsten Tag das Fräulein Bauer, die auch einer Reihe anderer Buben aus meiner Klasse zur erfolgreichen Oberschulprüfung gratulieren konnte. Am Ende der vierten Klasse erhielt ich von unserem Fräulein ein Zeugnis, das in meiner Schullaufbahn mein bestes geblieben ist. Erst viel später bei den Staatsexamen konnte ich wieder mit so einer stattlichen Zahl an Einsern aufwarten.

Wieder folgten wunderschöne Ferien mit Fußball, Tischtennis, Schnipp, Lesen von Karl Mays und vor allem auch mit unserer Nelly, die sich auf Wunsch meines Vaters mit einem männlichen Schnauzer eingelassen hatte und trächtig geworden war.

Am Ende der Ferien gab es dann einen neuen Höhepunkt in meiner Kinderzeit, denn plötzlich hatte sich unser Tierbestand um vier der entzückendsten Wesen, die es für mich jemals gab, vermehrt: zwei kleine Hunderl männlichen und zwei weiblichen Geschlechts. Drei hatten eine dunklere Farbe als ihre Mutter. Der Kleinste, den meine Mutter Hiasl taufte, hatte eine lustige Farbmischung von Grau und Blond. Nach unendlicher Freude mit diesen goldigen Geschöpfen kamen aber auch die traurigen Momente des Abschieds. Denn trotz aller Liebe konnten sich meine Eltern nicht dazu entschließen, die Jungtiere zu behalten. Am längsten blieb uns der Hiasl erhalten.

Meine Mutter hat bis in ihr spätes Alter noch von einer Szene erzählt, bei der sie nicht wusste, ob sie lachen oder weinen sollte. Als wir nämlich einmal kurz weggegangen waren und Nelly samt Sohn im Garten zurückgelassen hatten, ist eine unserer Hennen aus dem Gehege entkommen. Bei der Rückkehr bot sich uns ein merkwürdiger Anblick. Unsere sonst so friedfertige Nelly rannte wie von der Tarantel gestochen mit einem Huhn im Maul durch den Garten, ihr folgte schwanzwedelnd und sichtlich stolz auf seine erfolgreiche Mutter der Hiasl. Man kann nur vermuten, warum Nelly hier plötzlich all ihre gute Zucht über Bord geworfen hatte: Wahrscheinlich hielt sie die ganze Situation für eine besonders günstige Gelegenheit, ihrem Sohn eindrucksvoll zu zeigen, wie erfolgreiche Jagd funktioniert. Schließlich haben auch Schnauzer einen Jagdtrieb! Natürlich bekam sie eine kleine Strafe in Form von ein paar Klapsen ab. Aber so richtig böse konnten wir unserem Liebling nie sein.

Der Hiasl verließ unter meinen Tränen dann eines Tages auch das Haus. Ich trauere diesem lustigen Burschen noch heute nach. Merkwürdigerweise habe ich nie erfahren, ob unsere Nelly je Groß- oder gar Urgroßmutter geworden ist. Manchmal träume ich beim Anblick eines dieser lustigen Schnauzer, von denen es heute gar nicht mehr so viele gibt, er könnte ihr Ururenkel sein.

Ein paar Tage vor dem Ende der großen Ferien kaufte meine Mutter zwei Kinokarten für den Film »Das Lied der Bernadette«, der gerade im großen Luitpoldkino anlief. Wir sahen ihn uns die Geschichte der heiligen

Bernadette von Lourdes andachtsvoll an. Anschließend führte mich Mutti in das angrenzende vornehme Café Luitpold und bestellte mir eine wunderbare Portion Eis. »So«, sagte sie nun, »Bub, jetzt geht ein neuer Schritt in deinem Leben an.« Dann drückte sie mir ein Busserl auf die Backe. Ich spürte, dass ein wenig von der Zeit, die die Entwicklungspsychologie die volle Kindheit nennt, irgendwie zu Ende gegangen war.

Meine Lieblingsfächer: Biologie und Religion

Nun war es also so weit. Pünktlich um 13.15 Uhr begann der Unterricht in dem ehrwürdigen Gebäude des Theresiengymnasiums. Mit den zwei Klassenkameraden aus der Volksschule, dem Braun-Heinz und dem Weigl-Heini, saß ich erwartungsvoll in dem Klassenzimmer, das man uns zugewiesen hatte. Wir waren, mit etwa 40 weiteren Schülern, in der 1a gelandet. Ich hatte mich auf eine der alten Holzbänke neben Heinz gesetzt.

Die Tür ging auf, und es begrüßte uns ein Mann von etwa 50 Jahren mit einem kleinen Schnurrbart. »Mein Name ist Dr. Siegfried Häfner«, sagte er, »ich bin euer Klassleiter und werde euch in Latein und Deutsch unterrichten.« Dann klärte er uns zunächst über die Unterrichtszeit auf: »Ihr habt von Montag bis Mittwoch von 13.15 Uhr bis 18.15 Uhr und von Donnerstag bis Samstag von 8.00 Uhr bis 13.15 Uhr Unterricht. Wir haben nämlich noch eine zweite Schule im Haus, die Ludwigs-Oberrealschule, die in der übrigen Zeit die Räume braucht. Nächstes Jahr wird dann die Zeit gewechselt.

Da geht's Montag bis Mittwoch von 8.00 Uhr bis 13.15 Uhr und Donnerstag bis Samstag von 13.15 Uhr bis 18.15 Uhr.« Um Gottes willen, durchfuhr es mich, das bedeutete ja, dass mein heißgeliebter Fußball-Samstagnachmittag ausfallen muss!

Aber es war ja noch lange nicht so weit. Oberstudienrat Häfner klärte uns noch über so manches auf. Er lege, so betonte er, Wert auf Disziplin. »Zunächst werde ich«, kündigte er an, »ganz streng auf Ordnung halten. Aber, wenn alles gut läuft, werde ich die Zügel lockern. Und ihr werdet sehen, wir werden bestens miteinander auskommen. Die Anrede ist im Übrigen Herr oder Frau Professor.«

Wir verbrachten die ersten Stunden an diesem Tag damit, dass wir einige Fachausdrücke für den Lateinunterricht lernten, wie Substantiv, Verbum, Adjektiv.

Im Lauf der nächsten Tage lernte ich dann auch meine neuen Klassenkameraden etwas näher kennen. Ein paar entpuppten sich als Wiederholer. So zum Beispiel mein neuer Nachbar, der Hans, Sohn des Apothekers.

Professor Häfner hatte gleich am ersten Tag, nach welchem Prinzip auch immer, eine Sitzordnung festgelegt. Ich entdeckte in der Klasse einen alten Bekannten, den Max, der ebenfalls eine »Ehrenrunde« hatte drehen müssen. Der Maxe war ein riesenlanger, gutmütiger Bursche, der einen legendären Ruf als Fußballer hatte. Gelegentlich war er am Eichendorffplatz aufgekreuzt und hatte hier mit unglaublichen Tricks aufgewartet. Er war ein Dribbler der Sonderklasse, und es gelang kaum jemandem, ihn vom Ball zu trennen. Mein Nachbar, der Hans, fragte mich, kaum dass ich neben ihm saß, ob ich den Tom Mix kenne: Ich schüttelte den Kopf. Da klärte er mich auf, dass das der größte Westernheld aller Zeiten sei. Schüchtern warf ich ein, dass ich auch ein großer Verehrer von Old Shatterhand und Winnetou wäre.

»Ach, geh zu«, meinte er lachend, »das ist doch was für kleine Kinder. Da ist der Tom Mix schon ein anderer«, meinte er augenzwinkernd und holte ein zerlesenes Heft aus seinem Schulranzen. Auf dem Titelblatt war der Held mit einem großen Cowboyhut abgebildet. »Wennst willst«, versprach er mir, »leih ich dir das Heft einmal. Dann wirst du sehen, was der Karl May dagegen für ein Kinderkram ist.«

Der Hans spielte, auch wegen seiner Körperkräfte, in der Klasse sofort eine führende Rolle. Mich als einen der Kleineren nahm er unter seine Fittiche. Bei irgendwelchen Auseinandersetzungen stand er immer in meiner Nähe. Seine Gestik warnte jeden davor, sich mit mir anzulegen – sonst bekäme er es mit ihm zu tun.

Hinter mir saßen der Schwegler und der Winkler. Als unser Klassleiter nach unseren Vornamen fragte – wobei wir aber bis zur Abschlussklasse nur mit Familiennamen angesprochen wurden – sagte der Winkler: »Sylvester«.

»Sylvester«, fragte Häfner, »aber wie sagen denn deine Eltern?«

Da flüsterte er etwas schüchtern: »Bibi«.

Ich hatte es aber gehört, und sofort war der erste Spitzname in aller Munde.

Am zweiten Schultag trat unser Klasslehrer feierlich an die Tafel und schrieb mit sauberen Buchstaben unseren ersten lateinischen Satz an die Tafel: »femina laborat« – also: »Die Frau arbeitet«. Wir mussten ihn immer wieder im Chor lesen, und ich habe ihn ganz stolz zu Hause aufgesagt. Jetzt fühlte ich mich erst als richtiger Gymnasiast.

Die anderen Lehrer waren alle streng, aber doch auch sehr nett. Besonders den Biologielehrer Löweneck schloss ich gleich in mein Herz. Man merkte ihm seine große Tierliebe an, und ich lauschte seinem Unterricht mit Begeisterung. Auch mein Biologieheft gestaltete ich mit größter Sorgfalt. Tief beglückt war ich, als mein Vater eines Tages ein, wenn auch schon ziemlich zerrissenes, Exemplar von »Brehms Tierleben« auftrieb, durch das ich zusätzliche Erkenntnisse erwarb.

Am ersten Weihnachtsfest meiner Gymnasialzeit erfüllte sich dann ein weiterer Herzenswunsch: Ich erblickte unter dem Christbaum ein Mikroskop. Zwar handelte es sich um ein uraltes Exemplar mit einem nicht besonders guten Vergrößerungsfaktor – aber es genügte, mir aufgehen zu lassen, dass unsere Welt aus lauter Wundern im Kleinen besteht. Das kann ein Haar sein, aber auch ein Floh, wie ich ihn nun voller Begeisterung bei unserer Nelly suchte.

Löweneck, der im Übrigen ein sehr frommer Mann war, freute sich an meiner Wissbegierde und ließ mich sogar einmal in das Schulmikroskop schauen, das eine wesentlich bessere Vergrößerung als meines besaß. Voll Erstaunen blickte ich auf einen Wassertropfen, in dem mir der Biologielehrer die Welt der Kleinstlebewesen wie der Pantoffeltierchen zeigte.

Unser Mathematiklehrer Strebel war ein Preuße von echtem Schrot und Korn. Nur ganz selten kam ihm ein Lachen aus, obwohl er durchaus freundlich zu allen war. In den ersten Jahren gehörte ich in Mathematik zu den besten Schülern (was sich später, als Geometrie dazukam, etwas ändern sollte). Die gründliche Vorbereitung durch unser Fräulein Bauer machte sich hier zunächst bezahlt. Strebel, der – das roch man, wenn er vor einem stand – ein starker Raucher war, hatte die Angewohnheit, bei jeder richtigen Antwort »Siehste wohl« zu sagen. Ich registrierte das wohl als Erster und machte bei jedem Mal einen Strich auf meinen Block. Das »Siehste wohl«-Zählen wurde bald in der ganzen Klasse eine beliebte Abwechslung in der doch etwas trockenen Materie der Zahlen und Brüche. Bald hieß dann Strebel auch bei allen der »Siehstewohl«. Dieser Spitzname sprach sich lustigerweise in der ganzen Schule sehr schnell herum und ist dem Lehrer bis zu seiner Pensionierung erhalten geblieben. Erst viel später habe ich über den »Siehstewohl« gehört, dass er eine sehr wohlhabende Frau geheiratet hatte und viel Geld für Notleidende ausgegeben haben soll.

Mein Religionslehrer hieß Hermann Schneller und war ein Pfarrer vom alten Schlag. Er war, wie es die Tradition wollte, ganz in Schwarz gekleidet – ich glaube, in eine Art Gehrock –, trug einen weißen Stehkragen und war etwas korpulent. Der »Schneller-Papa«, wie er von fast allen Theresianern genannt wurde, war ein blitzgescheiter und bei aller Güte durchaus strenger Lehrer. Er unterrichtete meine Klasse acht Jahre lang, bis zu seiner Pensionierung. Als er ging, war ich sehr traurig. Wenn ich es mir recht überlege, hat er von all meinen Gymnasiallehrern wohl am nachdrücklichsten auf mich gewirkt. Der Schneller-Papa hat uns mit den Grundlagen unseres schönen Glaubens richtig vertraut gemacht. Er hat dann auch später mein Interesse an der Philosophie geweckt. Noch heute erinnere ich mich an seine gescheite Auseinandersetzung mit der Existenzphilosophie.

Dabei weckte ich gleich in der allerersten Stunde seine Skepsis. Das kam so: Schneller hatte von den anderen Religionen erzählt und uns erklärt, dass jede, sofern man sie ernst nähme, einen Weg zu Gott und in den Himmel ermögliche.

Ich meldete mich: »Es gibt aber Religionen, in denen die Menschen zu schrecklichen Dingen verpflichtet werden. Was ist denn dann mit diesen Menschen?«

Schneller schaute mich erstaunt an.

»Ja«, meinte ich – wobei ich an meine Lektüre von Robinson Crusoe dachte –, »es gibt doch Religionen, in denen die Götter Menschenopfer verlangen.«

Ich glaube, unser lieber Religionslehrer vermutete damals einen kleinen Rebellen in mir und murmelte anstatt einer Antwort nur etwas vor sich hin.

Mich hat übrigens diese Frage immer wieder beschäftigt. Das gilt auch für das Opfer, das der alttestamentarische Gott von Abraham verlangte: Der sollte ja seinen Sohn Isaak töten. Die Antwort, dass Gott ja nur den Gehorsam Abrahams testen wollte, mochte mir nie so recht einleuchten. Und die Vorstellung, dass Gottesgehorsam sogar das Opfer des eigenen Sohnes zumindest verlangen könnte, erscheint mir auch heute noch unglaublich.

Der Schneller hat jedenfalls bald gemerkt, dass all meine Fragen ernst gemeint und keine Provokation waren. Ich habe das Fach Religion nicht zuletzt deshalb so gern gehabt, weil man dort immer wieder aufgerufen ist, sich mit Fragen auseinanderzusetzen und auch selber Fragen zu stellen. In den anderen Fächern bekommt man viel zu viele Antworten einfach vorgesetzt und muss sich wohl oder übel damit abfinden. Ich glaube, ich habe in meinem Leben diejenigen Lehrer am meisten geschätzt, die zwar etwas wussten, dieses Wissen auch vermitteln konnten, aber auch ihre Grenzen zugaben und es verstanden, uns zum Fragenstellen zu bringen.

An einen Vorfall in der Religionsstunde erinnere ich mich noch ganz genau. Schneller stand nur selten am Pult, wie es damals noch die meisten Lehrer taten, er schritt immer zwischen den Reihen auf und ab. Da befestigte mein Mitschüler Cort, zusammen mit seinem Freund, dem Michael, an seinem schwarzen Kleid mittels einer Sicherheitsnadel einen langen Papierschwanz. Es sah natürlich umwerfend lustig aus, wie das Gebilde wedelte, wenn der Lehrer auf und ab ging. Aber ich wusste nicht so recht, ob ich lachen durfte, weil doch gerade der Religionslehrer für mich eine ganz große Autorität darstellte.

Der Michael ist heute ein bekannter Regisseur. Dass er, oder vielmehr damals nur sein Vater, mit dem Film zu tun hatte, erfuhr ich erst einige Monate später. Da lud nämlich unser Klassleiter diesen Vater zu einem kleinen Vortrag ein, der uns allen sehr imponierte. Damit hat sich auch dessen Sohn Michael bei uns einen gewissen Respekt erworben. Das war zunächst anders gewesen, bei meinem Banknachbarn etwa hatte er einfach nur als Angeber gegolten.

Vor kurzer Zeit habe ich einmal im Fernsehen einen langen Film gesehen, bei dem mein damaliger Mitschüler auch über seine Kindheit plauderte. Ich musste lachen, als er erzählte, er sei als Bub ein guter Fußballer gewesen und habe damals beim FC Bayern gespielt. Ich erinnerte mich nämlich, wie der Max, der Hans und der Then-Volker im Hinblick auf Klassenspiele einen Torwart suchten. Der Michael ließ verlauten, dass da nur er in Frage komme, weil er ja in der ersten Schülermannschaft des FC Bayern spiele. Die drei Genannten ließen sich aber davon nicht beeindrucken und verfügten, dass alle Bewerber am darauf folgenden Samstag auf der Theresienwiese Proben ihres Könnens ablegen müssten.

Diese Bewerber waren der Ellmann, dessen Eltern einen Obstladen am Goetheplatz hatten, der Michael und ich. Der Michael war in einem Hemd erschienen, auf dem etwas Ähnliches wie das FC-Bayern-Abzeichen aufgestickt war. Wohlgemerkt etwas Ähnliches, denn das Original-Abzeichen kannte ich ja.

Ich hatte mir von meiner Oma Knieschützer stricken lassen, die aber beim Werfen nicht den geringsten Schutz boten. Der Hans stellte also uns drei der Reihe nach ins Tor, wobei er sich eine boshafte Bemerkung über Verhoevens Bayern-Emblem nicht verkneifen konnte. Jeder musste nun von jedem Schützen 10 Elfer halten. Beim Michael als Torwart legte sich der Hans besonders ins Zeug, während er bei mir immer andeutete, in welche Ecke er zielen werde. Der Michael hat keinen einzigen Elfer gehalten, und der Hans meinte dann zu den anderen zweien: »Was woll' ma denn mit dem Fliegenfänger? Da hält meine Großmutter ja mit ihrem Pantoffel mehr.«

Damit war der Michael für den Rest des Schuljahres als Torwart gestorben. Als Feldspieler kam er ohnehin nicht in Frage. Sieger wurde übrigens der wieselflinke Ellmann, der fast alles heraustauchte. Da konnte ich nicht ganz mithalten, wurde aber vom Hans feierlich als Nummer zwei deklariert. Auf die Klassenspiele, den Höhepunkt der Woche, komme ich später noch zu sprechen.

Von Orientierungsschwäche und Geräteturn-Phobie

Die ersten Schulaufgaben waren nun fällig, und ich bekam eigentlich recht gute Noten, in Latein einen Zweier, in Mathematik sogar eine Eins und in Deutsch auch einen Zweier. Jetzt stand die Erdkunde-Schulaufgabe vor der Tür. Unsere Lehrerin, die Frau Grieshaber, war eine sehr nette Frau. Am Anfang überzeugte ich sie mit meinen Kenntnissen in Astronomie. Irgendwie aber bemerkte ich plötzlich meine Schwächen, als es ums Kartenlesen ging. Die Lehrerin rief da nämlich immer zu Beginn der Stunde irgendeinen Schüler an die große Wandkarte, wo er einen Ort oder einen Fluss in Bayern zeigen sollte. Obwohl ich zu Hause eine uralte Karte von Deutschland hatte und immer wieder übte, beschlich mich doch ein gewisses Unwohlsein, denn ich bemerkte bei mir eine seltsame Unorientiertheit. Bisher war ich noch nie an der Wandkarte gewesen, ahnte aber, dass ich da wohl in größere Schwierigkeiten käme. Auf die Schulaufgabe hatte ich mich mehr schlecht als recht vorbereitet. Ein paar allgemeine Fragen konnte ich noch leidlich beantworten. Der übrige Teil der Schulaufgabe bestand aber darin, dass wir in eine auf die Blätter gestempelte Karte, die nur ein paar Linien enthielt, Orte, Flüsse und Seen eintragen sollten, deren Namen vorgegeben waren. Später habe ich den Fachausdruck dafür erfahren: »stumme Karte«. Für mich sah das Ganze wie eine Ansammlung von Regenwürmern aus, und ich wusste beim besten Willen nicht, welcher davon die Isar oder ein Quellfluss sein sollte und wo man in dem Gewirr etwa Landshut oder Rosenheim mit einem roten Punkt markieren sollte. Die Quittung bekam ich umgehend bei der Herausgabe der Schulaufgabe. Ich erhielt einen Bomben-Fünfer. Damals gab es nämlich die Note Sechs noch nicht. Das war in meiner Schullaufbahn die bisher mit Abstand schlechteste Bewertung.

Meine Eltern reagierten zwar nicht böse, aber doch erstaunt. »Ja, hast denn da gar nichts gelernt?«, fragte mich meine Mutter.

Ich gab zu, dass ich das Fach wahrlich bis dato nicht sehr ernst genommen hatte. Da begann meine Mutter, was sie bisher nie gemacht hatte, nämlich mit mir Erdkunde zu lernen. Mein Fachwissen wuchs durch das Intensivtraining sehr an, und ich versuchte mich auch häufiger an der Landkarte zu orientieren. Bei der nächsten Schulaufgabe hatte ich dann schon sehr viel richtig – nur wieder mit Ausnahme dieser verflixten stummen Karte. Also gab es wenigstens einen Dreier.

Die Frau Grieshaber war eine ganz liebe Lehrerin, und sie erkannte auch ganz schnell meine Schwäche. Im Gegensatz zu den Praktiken mancher anderer Lehrer, die ich immer wieder erlebte, führte sie, wenn ich an die Wandkarte musste, bei der Bestimmung von Stadt, See, Fluss ganz einfühlsam meine Hand.

Bis heute leide ich an dieser Orientierungsschwäche, etwa wenn ich in einer Stadt die richtige Adresse finden muss, ja selbst wenn ich aus einem Gebäude wieder hinausfinden will. Ganz besonders schlimm ist es bei Finsternis. Da kann es sein, dass ich mich sogar in einem Telefonhäuschen verlaufe! Man kann sich vorstellen, wie glücklich ich über die Erfindung des Navigationssystems bin. Damit hat sich meine Lebensqualität bedeutend erhöht.

Die Frau Professor Grieshaber hat dann sogar für mich eine eigene Schulaufgabe konstruiert. Mir wurde die stumme Karte geschenkt. Dafür musste ich noch andere Sachfragen beantworten. So brachte ich es am Schuljahresende doch noch auf einen Zweier. Damals habe ich, ohne den Fachausdruck Differenzierung schon zu kennen, erfahren, was es bedeutet, wenn ein Lehrer auf seine Schüler eingeht und nicht alles über einen Kamm schert. Wie leicht wäre es für die Frau Grieshaber gewesen, mich wegen meiner Defizite zur Schnecke zu machen! Leider gibt es aber auch heute immer noch Lehrer, die es offenbar als pädagogische Methode empfinden, jemanden herauszuholen und ihn dann vor versammelter Mannschaft lächerlich zu machen.

Unser Turnprofessor hieß Dr. Robert Großmann. Ihm verdanke ich bis heute sehr viel. Wie schon angedeutet, war ich ein eher ängstlicher Bub und fürchtete vor allem das Geräteturnen, seit ich damals in Erding von der Reckstange gefallen war. Außerdem muss man wissen, dass ich von Kind auf einen doppelseitigen Leistenbruch hatte. Damals wurde so etwas nicht operiert, und man musste dieses entsetzliche Bruchband tragen. Vielleicht nahm ich das Bruchband sogar als Vorwand, um nicht beim Geräteturnen mitmachen zu müssen. Jedenfalls sprach ich deswegen mit Großmann, und er meinte netterweise: »Dann mach nur bei dem mit, wo du meinst, es geht.« Ich beteiligte mich fortan bei der Gymnastik, beim Laufen und natürlich bei allen Spielen. Sobald es aber ans Gerät ging, verdrückte ich mich auf die Bank.

Dr. Robert Großmann hatte vom Krieg her eine Schulterverletzung, sodass er manche Übungen am Gerät gar nicht selber vormachen konnte. Er erklärte also alles genau und fand immer einige gute Turner, die die jeweilige Übung auch gleich beherrschten. Der beste Sportler war wohl der schon erwähnte Volker Then, der auch in den anderen Fächern recht gute Noten heimbrachte und von Anfang bis Schluss meiner Gymnasialzeit bei uns Klassensprecher war. Im Fußball spielte er im Übrigen einen großartigen Mittelläufer.

Durch die Doppelbelegung unserer Schule gab es bei der Turnhallenbenutzung große Engpässe. So mussten wir oft auch bei schlechtem Wetter in den kleinen Schulhof ausweichen. Der Vorteil war, dass wir dann Fußball spielen durften. In den zwei Mannschaften spielte auf der einen Seite der Klassentorwart Ellmann, auf der anderen ich im Tor. Das hatte den Vorteil, dass man als Keeper wählen durfte. Ich habe ja schon erwähnt, dass ich nichts schrecklicher fand als die sogenannte »Manndl-Wahl«.

Meine musikalische Laufbahn

Bei der Aufzählung der Lehrer nenne ich jetzt ganz zum Schluss – last but not least, wie es so schön auf Neudeutsch heißt – unseren Musiklehrer Adolf Hartmut Gärtner. Er ist vor kurzem 90 Jahre alt geworden und ist geistig und körperlich nach wie vor so auf der Höhe, dass er wohl, so Gott will, noch einige Klassentreffen schmücken wird. Er war damals natürlich ein ganz junger Mann, der jüngste unserer Lehrer. Gleich in einer der ersten Stunden durften wir vorsingen. Uns war nicht klar, dass Gärtner dabei Hintergedanken hatte. Ich weiß nicht mehr, welches Lied ich gewählt hatte, aber ich habe es mit lauter Stimme vorgetragen.

Was war das für eine Überraschung, als wir ein paar Tage später gerade in der Turnhalle waren, Gärtner hereinkam, Großmann kurz etwas zuflüsterte und dann bekannt gab: »Ich habe ein paar Buben für den Chor des Theresiengymnasiums ausgewählt.« Dann las er von seiner Liste ab: »Oberbeil, Osberger und Zöpfl.«

Ich tat einen Luftsprung. Zwar hatte ich bis dato immer bei jeder Gelegenheit gerne gesungen, vor allem in der Kirche – aber die Bestätigung für meine Sangeskunst war bisher nur der Standard-Zweier des Fräulein Bauer gewesen.

Ein paar Tage später war um 12 Uhr, also eine Stunde vor dem Unterricht, die erste Chorprobe im Musikzimmer anberaumt. Gärtner begrüßte außer uns dreien von der Klasse 1a auch die aus der 1b und 1c als neue Mitglieder des, wie er feierlich betonte, »bekannten Knabenchors des Theresiengymnasiums«.

»Wie jedes Jahr«, ließ er stolz verlauten, »sind wir auch dieses Mal wieder ausersehen worden, bei der Münchner Matthäuspassion mitzusingen. Das ist eine große Ehre.«

Der Name »Matthäuspassion« sagte mir ehrlich gesagt zunächst wenig. In kurzer Zeit aber haben wir, nicht nur der Chor, von Gärtner ein respektables Grundwissen vermittelt bekommen. Wir haben aber auch in unserer Klasse in Musik dank Gärtner viel gesungen. Und ganz nebenbei lehrte er uns dann auch eine Menge über die Noten, die Kadenzen und Harmonik. Aber die Theorie stand, ganz anders, als das heute leider da und dort ist, nicht im Vordergrund. Manchmal hat man nämlich den Eindruck, dass vor lauter Reflektieren das Eigentliche, nämlich Singen und Musizieren, ganz vergessen wird.

Die vielen Lieder, die ich unter Gärtner kennenlernen und singen durfte, weiß und singe ich noch heute. Alle haben wir die Musikstunde genossen, auch die, die sonst immer wieder betonten, dass sie nicht gescheit singen könnten, oder die dann später von einem Referendar recht unschön als »Brummer« bezeichnet wurden.

Einer davon war mein vielleicht liebster Klassenkamerad, der Schwegler-Helmut. Der saß oder besser stand – denn beim Singen mussten wir immer aufstehen – auch im Musikzimmer hinter mir. Der Helmut sang zwar laut mit, aber immer auf demselben Ton. Dazu ging er mit dem Text recht eigenwillig um und brachte häufig sehr originelle von ihm erdichtete Abwandlungen vor. Es spricht wieder für unseren Musiklehrer, dass er selbst die schon in der Grundschule als unmusikalisch eingestuften Schüler begeistern konnte und dass auch der Helmut Freude an der Musik entwickelte. Er ist in der Oberstufe geradezu ein Fachmann für Jazz geworden und hat dann viel später auch noch ein Instrument gelernt. Wenn ich heute über etwas traurig bin, dann darüber, dass ich trotz eines entsprechenden Angebotes von Gärtner kein Instrument gelernt habe. Meine Eltern, das soll aber kein Vorwurf sein, legten keinen besonderen Wert darauf oder wollten mich vielleicht auch nicht zusätzlich belasten. Dabei hatte meine Mutter aus ihrer Jugend eine Ziehharmonika, auf der sie sogar manchmal ein Lied vorspielte.

Wir probten im Chor neben verschiedenen Liedern eifrig für die Matthäuspassion, die immer in dem großen Saal des Deutschen Museums aufgeführt wurde. In der Fastenzeit mussten wir zur ersten Probe mit den Solisten und dem Orchester. Gärtner kündigte uns an, dass ein bedeutender Mann die Passion dirigieren werde, außerdem seien so bekannte Sänger wie Lorenz

Fehenberger oder Georg Hann dabei. Der Dirigent begrüßte uns sehr freundlich und gab Anweisung, wohin wir uns bei der Aufführung stellen mussten. Das waren lange Holzbänke, auf die wir vor unserem Lied »O du Lamm Gottes, unschuldig, am Stamm des Kreuzes geschlachtet« ganz, ganz leise hinauf- und hernach wieder heruntersteigen sollten.

Die Probe war sehr eindrucksvoll. Ergriffen lauschte ich den großartigen Stimmen und dem für mich ganz neuen Klang des Cembalos, gespielt von Li Stadelmann.

Bei unseren Liedern hatte anstelle von Adolf Hartmut Gärtner der Dirigent das Sagen. Ich erinnere mich noch genau, dass unser Musiklehrer immer gesagt hatte, wir sollten die Lieder klar und deutlich beenden und keinen »Rattenschwanz« singen. Nun wies uns der große Dirigent aber an, die Lieder eher ausklingen zu lassen. Worauf einer der Sänger ihm zurief, dass das ja ein »Rattenschwanz« wäre. Darauf entspann sich ein kleiner heiterer Diskurs zwischen Gärtner und dem Maestro.

Bei der Matthäuspassion habe ich übrigens mein erstes Geld verdient. Uns wurden nämlich die Trambahnkosten, das waren vier Fahrten zu 10 Pfennig, sehr großzügig ersetzt, indem wir eine ganze Mark zugesteckt bekamen. Ich habe mir das erste »selbst ersungene« Markl lange aufgehoben.

Übrigens lautete der Name des Dirigenten Georg Solti. Jawohl, Sie haben recht gelesen, es war der später geadelte Sir Georg Solti. Ich verdanke ihm sogar für meine späten Jahre noch etwas. Jedes Mal, wenn ich in der Kirche laut und auswendig – gelernt ist gelernt – die Lieder mitsang, stieß mich meine Tochter Andrea ein wenig in die Seite und flüsterte mir zu: »Nicht so laut, Papa, du singst falsch.« Ich ließ mich dadurch aber in meiner Sangesfreude nie beeindrucken und erklärte Andrea nur, dass sie offensichtlich falsch höre.

Es gehört zu den Merkwürdigkeiten meines Daseins, dass fast regelmäßig, wenn ich davon spreche, dass ich gerne singe, ein großes Gelächter gerade von den Leuten erschallt, die noch keinen Ton von mir gehört haben. Es scheint manchen irgendwie unvereinbar zu sein, dass man Gedichte schreibt und noch dazu eine recht passable Stimme hat. Jawohl, ich sage selbstbewusst: passable Stimme.

In meinem späteren Studium als Lehrer musste ich auch eine Prüfung in Musik ablegen. Da ich bis dahin kein Instrument gelernt hatte, nahm ich bei einer Musiklehrerin der Pädagogischen Hochschule, der Freifrau von Loiblfing, Flötenstunden. Trotz aller Mühe konnte ich mit Fertigkeiten aus diesem Schnellkurs natürlich nicht brillieren. Doch ich wollte mir meine gute Note im Gesamtexamen nicht verderben lassen. So kam ich angesichts meiner »Sängerknaben-Vergangenheit« im Theresiengymnasium auf die Idee, bei der praktischen Prüfung in Musik zusätzlich meine Sangeskünste anzubieten. Ich erkundigte mich über das Angebot an Dozenten, die – was war das doch für eine wunderbare Einrichtung in der damaligen PH – Gesangsunterricht anboten.

Nach kurzer Zeit wurde ich fündig und setzte mich mit einer Frau Lydia Buschmann in Verbindung. Sie hatte ein Haus ganz in der Nähe des Grünwalder Stadions mit einem wunderbar großen Garten. Ich sang ihr etwas vor, und sie gab mir in einigen Stunden mit Stimmbildungsübungen und entsprechenden Liedern wertvolle Tipps. Als Prüfungslied wählte ich »Aestuans intrinsecus ira vehementi« aus den Carmina Burana von Carl Orff, das mich immer beeindruckt hatte. Nachdem mein Flötenspiel in der Prüfung bei dem liebenswerten Professor Zölch für meine Begriffe einigermaßen gut angekommen war, kündigte ich meinen Joker, das Gesangsstück, an. Es ist keine Aufschneiderei, wenn ich sage, dass der Prüfer seinem Mitprüfer immer wieder anerkennende Blicke zuwarf – meine bösen Kritiker werden jetzt sicher behaupten, es seien verzweifelte Blicke gewesen – und mir schließlich einen Einser für Gesang eintrug, so dass ich in Musik eine recht gute Note bekam.

Als mich die immer häufiger und spitziger werdenden Kommentare von Andrea zu ärgern begannen, vor allem, wenn ich im Bad – das ist der Raum, der in unserem Haus die beste Akustik hat – meine Puccini-Arien sang, erinnerte ich mich an meine »Sängerlaufbahn«. Ich blätterte im Telefonbuch nach und entdeckte tatsächlich eine Frau Professor Lydia Buschmann, Birkenleite. Das war auch die damalige Anschrift gewesen. Ich schrieb ihr einen Brief, der im Übrigen längst fällig gewesen wäre, und bedankte mich in späten Jahren für die Hilfe, die sie mir damals gegeben hatte, auch für mein Selbstbewusstsein. Und das meine ich ganz ehrlich. Ob Musik, Kunst oder Sport – diese musischen Fächer, die heute in der zunehmenden Hektik, Verkopfung und pseudowissenschaftlichen Schul- und Bildungswelt immer mehr an den Rand gedrängt werden, vermitteln dem Menschen nicht nur Sinn für das Schöne. Sie sind, wenn man so wunderbare Lehrer und Lehrerinnen hat, wie das bei mir der Fall war, außerdem ein hervorragender Baustein für die Ich-Stärke und das Selbstwertgefühl.

Ein paar Tage später bekam ich einen herrlichen Brief. Frau Professor Buschmann schrieb, dass sie sich noch ganz genau an den Studenten Zöpfl erinnere und seine »schöne Stimme«, und dass ich einer ihrer besten Schüler gewesen sei. Vielleicht war das auch nur ein liebenswertes Kompliment, aber die Zeilen freuten mich mindestens genauso wie manche Erfolge in meiner Berufslaufbahn.

Ich hatte aber meiner Tochter Andrea gegenüber noch einen zweiten Trumpf. Gott sei Dank erfreut sich, wie schon gesagt, mein Musiklehrer Gärtner bester Gesundheit, und ich bin bis heute mit ihm immer wieder in Verbindung. Also schrieb ich ihm einen heiteren Brief über die Schmähungen meines Gesangs durch meine Tochter. Er möge mir doch bescheinigen, dass ich im Chor des Theresiengymnasiums gesungen habe.

Gärtner enttäuschte mich nicht. Er schrieb in Zierschrift eine Bestätigung, dass ich in dem renommierten Chor des THG meine »Gesangslaufbahn« begonnen und unter dem berühmten Dirigenten Sir Georg Solti mehrmals gesungen hätte.

Beide Dokumente, das von Frau Professor Buschmann und das von Adolf Hartmut Gärtner, ließ ich einrahmen und überreichte sie feierlich Andrea. Das späte »Zeugnis« von meinem Musiklehrer kann jeder nachlesen, der das Haus Zöpfl in der Hallgartenstraße betritt. Es hängt in unserem Flur. Obwohl Andrea natürlich lachend behauptete, diese Lobeshymnen wären vielleicht am ehesten mit dem schlechten Gedächtnis der Schreiber zu erklären, war sie nun wenigstens doch ein wenig verunsichert. Die Rüffler in der Kirche wurden zumindest etwas seltener.

Das war ein langer Exkurs zum Thema Singen, ich weiß. Aber man sieht daraus, wie viel ein Lehrer wie Gärtner dazu beitragen kann, den Schülern Freude für das ganze Leben mitzugeben.

In der ersten Gymnasiumsklasse gab es noch zwei Ereignisse, die in meinem Herzen deutliche Spuren hinterließen. Das erste war der Tod meines mir sehr lieben, wenn auch nicht leiblichen Großvaters Lambert Hiergeist, des »Umpapa«. Er war ein kräftiger, blitzgescheiter Mann, der meine Oma als Witwe mit drei kleinen Kindern geheiratet hatte, selber mit ihr noch meinen Onkel Berti als Sohn zeugte und es als großartiger Bäcker zu einem gewissen Wohlstand brachte.

Das Haus in der Volkartstraße, in dem ich auf die Welt gekommen war, und das große Grundstück in der Hölderlinstraße, unser Heim nach dem Krieg, waren sein Eigentum. Bei einem der letzten Bombenangriffe war er nicht in den Luftschutzkeller gegangen. Die Wohnung wurde zwar nicht zerstört, aber er hat wohl durch die Detonation in einem Nachbarhaus einen Schlag erhalten, der seine Gesundheit stark angriff. Der frühe Tod kam für uns alle überraschend, und ich sehe mich heute noch weinend neben meiner Cousine Anneliese im Westfriedhof stehen und ein paar Tulpen aus seinem großen Garten mit einem »Danke, lieber Umpapa« ins Grab werfen.

Es war ihm nicht mehr vergönnt, die Rückkehr seines heiß geliebten Sohnes Berti aus russischer Kriegsgefangenschaft zu erleben. Wie gut tat es dann meiner trauernden Oma, dass ein paar Monate nach dem Begräbnis Folgendes passierte: Meine Eltern, Onkel Hans und Tante Käthi mit Familie waren am Katharinatag zu meiner Großmutter gekommen. Dieser Tag war für uns damals immer ein doppelter Festtag: der Namenstag von Omama und mein Geburtstag.

Als nun die Gratulanten alle in der Wohnung meiner Großmutter versammelt waren, läutete auf einmal das Telefon. Tante Käthi ging an den Apparat und vermeldete dann ganz aufgeregt: »Stellt euch vor, der Berti ist aus der Gefangenschaft entlassen worden.«

Meine Oma war, wie man sich vorstellen kann, kaum mehr zu beruhigen. »Ja, wo ist er denn, wo ist er denn?«, rief sie aufgeregt.

»Ich hab es gerade gehört«, antwortete die Tante Käthi. »Er ist in Hof.«

Das war damals das Auffanglager für die Kriegsgefangenen aus Russland.

»Ja, warum kommt er denn nicht herauf?«, rief meine Großmutter, die in ihrer Aufregung verstanden hatte, er stünde schon unten im Hof.

War das eine Freude, als der liebe Onkel Berti dann tatsächlich noch am selben Tag ankam! Wenn ich heute über seine Jugend spreche, wird mir jedes Mal deutlich, wie gut ich es eigentlich gehabt habe, ich und meine Altersgenossen, die nicht mehr in diesen grausamen Krieg ziehen mussten. Die schönsten Jahre meiner Kindheit durfte ich bereits in Frieden leben. Dagegen mussten so viele, die einige Jahre älter waren als ich, noch an die Front, sind gefallen, verwundet worden oder darbten schreckliche Jahre in einer oft langen Gefangenschaft dahin. Wie bewundernswert ist es, dass so viele Männer wie mein Onkel mit unglaublichem Fleiß sich wieder ins Berufsleben eingliederten, erfolgreiche Bürger und gute Familienväter geworden sind. Der Onkel Berti ist mir bis heute ein Vorbild an Mut und Zuversicht, Fleiß, Zuverlässigkeit und Hilfsbereitschaft geblieben.

Mein Zusammenstoß mit dem Göttervater

Mein erstes Schuljahr war in einer durchaus angenehmen Atmosphäre verlaufen. Ich hatte viele gute Freunde gewonnen. Unsere Lehrer wurden zunehmend »zutraulicher«, und unser gestrenger Klassleiter lockerte wie angekündigt immer mehr seinen Unterrichtsstil. Mein Zeugnis fiel auch recht passabel aus, und so sah ich getrost dem neuen Schuljahr entgegen. In den Ferien deutete mir der Fredy einmal etwas verschämt an, dass er nun auch in meine Klasse käme, weil es ihn in der zweiten Klasse, wie er sagte, »erwischt« habe.

Tatsächlich veränderte sich die A-Klasse im nächsten Schuljahr sehr stark. Einige Klassenkameraden waren durchgefallen, ein paar, wie der Michael, wechselten aus welchen Gründen auch immer in andere Schulen über. Die 1c wurde geteilt, ein Teil kam zu uns, der Rest zur 2b. Es gab also bis zum Abitur in unserer Jahrgangsstufe nur noch 2 Klassen am Theresiengymnasium.

Ja, und dann kam eine ganze Reihe von Leidensgenossen des Fredy zu uns. Einige wurden von den Fußballexperten unserer Klasse ehrfürchtig als Riesen-Fußballer begrüßt. Ich erinnere mich noch besonders an meinen Mitschüler Spitzweg, der ein begnadeter Mittelstürmer war. Wir haben dann tatsächlich eine Klassenmannschaft zusammenbekommen, die es sogar mit der 3. und 4. Klasse erfolgreich aufnehmen konnte. Als Ersatztorwart, aber auch Verteidiger kam ich wiederholt zum Einsatz – das waren für mich Höhepunkte im Schuljahr.

Gespannt erwarteten wir nun also, ein zusammengewürfelter Haufen, am ersten Tag in dem neuen Klassenzimmer unseren Klassleiter. Sollte es, wie wir hofften, wieder Häfner sein? Zunächst enttäuscht registrierten wir, dass anstatt seiner ein noch recht junger Mann den Raum betrat.

»Ui, der Bayerle«, rief mir der Fredy zu, »den haben wir voriges Jahr auch gehabt.« Der Lehrer stellte sich als unser neuer Klassleiter vor und teilte uns mit, dass er sowohl Latein als auch Deutsch und Erdkunde bei uns geben werde.

»Da musst aufpassen«, warnte jetzt der Fredy, »der hält alle Daumenlang Exen. Dafür ist er berüchtigt. Die haben mir das Kreuz gebrochen.«

Zunächst betrachtete ich den neuen Klassleiter also recht skeptisch, mussten doch aufgrund seiner Noten mehrere Schüler ihre »Ehrenrunde« bei uns drehen. Tatsächlich ging er zwar sehr freundlich, aber auch recht forsch zur Sache. Sein »memoria exercenda est« – »das Gedächtnis muss trainiert werden« – ist mir bis heute in Erinnerung geblieben. Er trainierte aber unser Hirn nicht nur, sondern zwang uns auch zur ständigen Rechenschaftsablage.

In Latein standen ja nun jene berüchtigten unregelmäßigen Verben an, von denen der Fredy behauptete: »Du wirst schauen, die sind eine Gemeinheit.«

Im Gegensatz zur Vorgehensweise mancher neuen Schulbücher, in denen das Spaßprinzip und nicht mehr die Systematik des Lateinunterrichts an erster Stelle steht, haben uns sowohl Häfner als auch nun Bayerle eine wirklich handfeste Grundlage für unser Sprachverständnis gegeben.

Sie waren ein Gegenbeweis für die Behauptung, dass Lernen immer Spaß machen muss, wenn es zum Erfolg führen soll. Da wurde zum Teil wirklich hart gepaukt und geschuftet. Und wer nicht mitmachte, blieb auf der Strecke.

Schon nach den ersten Lateintagen betrat Bayerle unser Klasszimmer mit der Aufforderung: »Zettel rauf, Namen drauf!« Das veranlasste den Fredy, der hinter mir saß, zu einem »Auweh, geht das schon wieder an«.

Am nächsten Tag dokumentierte uns der Lateinlehrer anhand der korrigierten Blätter, auf denen die Farbe Rot überwog, knallhart unseren mangelhaften Wissensstand. »Vor Noten habe ich euch dieses Mal noch verschont«, meinte Bayerle, »aber ich hoffe, die Fehler werden auch ein Hinweis dafür sein, euer Gedächtnis in Zukunft wirkungsvoller zu schulen.«

Schon am nächsten Tag gab es wieder eine Ex. Dieses Mal hagelte es nun wirklich schlechte Noten. Ich hatte zu meiner Freude einen Zweier.

Trotz allem – Bayerle war alles andere als ein gnadenloser Pauker. Er war der wohl humorvollste Lehrer, den ich je hatte. Ich glaube, alle seine Schüler, auch die, die bei ihm schlechte Noten kassierten, haben ihn nicht nur respektiert, sondern sogar gemocht. Bei ihm bekam ich auch eine viel positivere Einstellung zur Erdkunde. Nicht nur, dass er auf die von mir so verabscheute »stumme Karte« verzichtete. Er verstand es auch, uns die deutschen Landschaften, die nun auf dem Lehrplan standen, anschaulich nahezubringen. Dazu gehörte, dass er damals bereits »fächerübergreifend« arbeitete. Denn im Deutschunterricht nahm er jeweils gleichzeitig die Literatur der betreffenden Region durch. Besonders begeistert haben mich damals die Stunden über den Norden unseres Landes. Mit seiner Schilderung der Nordseelandschaft, der Marschen und Geesten, mit Theodor Storms »grauer Stadt am grauen Meer«, wie der Schriftsteller seine Heimatstadt Husum nannte, hat er irgendwie nicht nur ein Interesse an dieser Landschaft geweckt. Er hat bei mir sogar eine merkwürdige Sehnsucht nach ihr entfacht. Gleich nach dem Abitur habe ich dann mit meinem späteren Klassenkameraden Heinz Gran von Hamburg aus mit dem Rad vieles, was Bayerle uns geschildert hatte, im wahrsten Sinne des Wortes »erfahren«. Die Liebe zu diesem Teil unseres Landes ist mir bis heute erhalten geblieben, und ich habe inzwischen viele Urlaube an der Nordsee verbracht.

Unvergesslich ist mir das Gedicht von Annette von Droste-Hülshoff »Der Knabe im Moor«, das wir in seiner ganzen Länge auswendig lernen mussten. Ich kann es bis heute noch fast lückenlos aufsagen: »O schaurig ist's, übers Moor zu gehen ...«

Ansonsten hatten wir fast alle Lehrer aus dem ersten Schuljahr behalten, auch unseren Zeichenlehrer. Den habe ich ja vorher in meiner Lehrer-Galerie ganz vergessen! Ich bin auch bis heute ein recht schwach begabter Zeichner geblieben, obwohl ich eigentlich gerne gezeichnet hätte. Aber da gab es in meiner Klasse beispielsweise den schon erwähnten Schwegler-Helmut, der jetzt in der zweiten Klasse mein neuer Nachbar war. Der Helmut, obwohl der Jüngste in der Klasse, war meines Erachtens der Gescheiteste von uns. Er hatte immer gute Noten, wenn auch nicht nur Einser. Aber bei ihm hatte ich immer das Gefühl, er hätte, wenn er sich wirklich geplagt hätte, der Beste in der Klasse sein können. Auch im Sport war er sehr gut, wenn ihn auch Fußball nicht so interessierte. Die Kreativität Schweglers offenbarte sich aber vor allem in seinen Einfällen. Er war der Originellste, was seine – allerdings immer harmlosen – Streiche anbetraf.

Bewundernswert war für mich auch sein Zeichentalent. Während ich mühsam und hölzern versuchte, etwas aufs Papier zu bringen, hatte der Helmut im Nu ein Gemälde auf dem Block. Wenn ich gar nicht mehr weiterwusste, nahm er mein Blatt und zeichnete das begonnene »Kunstwerk« mir nichts, dir nichts zu Ende.

Genau erinnere ich mich an eine Zeichenstunde im zweiten Schuljahr. Wir saßen im Zeichensaal, und besagter Zeichenlehrer, übrigens einer der Ältesten an der Schule, ein hagerer, hoch gewachsener Mann, hatte uns die Aufgabe gegeben, einen Obstkarren darzustellen. Ich zeichnete wieder mehr schlecht als recht das Gefährt und darauf gerade ein paar Äpfel und Birnen, als der Lehrer plötzlich neben mir stand und auf die Zeichnung blickte.

Ich schaute ihn an und wagte die Frage: »Geht's so, Herr Professor?«

Weil er etwas schwerhörig war, fragte er zurück: »Was hast du gesagt?«

Ich wiederholte die Frage.

»Was ist los?«, rief er.

Noch mal sagte ich bedeutend lauter: »Geht's so, Herr Professor?«

Da schüttelte er den Kopf: »Ich versteh dich nicht«, rief er und verpasste mir eine schallende Ohrfeige.

Keine Frage, dass von da an der Zeichenunterricht zur Qual wurde und ich bei der ersten Gelegenheit dieses Fach abwählte. Auch wenn ich es dem alten Herrn nicht nachtrage, es ist wieder einmal ein Beweis dafür, wie viel eine Geste (wenn man eine Watsche als solche bezeichnen kann) alles auslösen oder verhindern kann. Erst in meiner Zeit als Assistent habe ich dann so einen großartigen Kunsterzieher wie Rudolph Seitz kennenlernen und als Freund gewinnen können. Er hat meine Liebe zur Kunst, die nie ganz erloschen war, neu entfacht. Oft habe ich mir später gedacht, wie schön es wohl gewesen wäre, wenn ich so einen wie den Rudi als Kunstlehrer gehabt hätte. Vielleicht hätte ich dann heute im Flur nicht nur das besagte »Gesangsdiplom«, sondern auch ein Prädikat als Amateurmaler hängen.

Das Unerfreulichste in der zweiten Klasse war die veränderte Schulzeit. Wir hatten also nun, wie es uns in der ersten Klasse Professor Häfner schon »angedroht« hatte, Montag bis Mittwoch vormittags und Donnerstag bis Samstag am Nachmittag Unterricht. Man stelle sich das heute vor: Wir kamen tatsächlich erst um 18.15 Uhr aus dem Gebäude. Mein wunderbarer Samstagnachmittag auf dem Eichendorffplatz war damit für ein ganzes Schuljahr, außer natürlich in den Ferien, passé. Dazu kam, dass die Hausaufgaben immer umfangreicher wurden. Daran erheblich mitschuldig war unser gewissenhafter Lehrer Bayerle, der uns gerade in Latein einen guten Grundstock vermitteln wollte. Die Vormittage am Freitag und Samstag waren oft bis zur letzten Minute damit ausgefüllt. Denn wenn man um sieben Uhr abends nach Hause kam, war man meist so müde, dass nach einem guten Gespräch mit den Eltern und ein wenig Spielen mit der Nelly allenfalls Zeit für ein spannendes Buch blieb. Gott sei Dank gab es zu der Zeit noch keinen Fernseher. Der wäre eine echte Versuchung gewesen.

Zu den Höhepunkten des Schuljahres zählte gleich zu Beginn das Oktoberfest. Die Wiesn liegt ja direkt vor dem Kaiser-Ludwig-Platz. Dieses Mal bot das Oktoberfest schon beträchtlich mehr als in den vorangegangenen Jahren. Ein paar neue Fahrgeschäfte und

Karusselle, sogar eine Geisterbahn lud zum Fahren ein, es gab Schweinswürstel und etwas ganz Neues, den Türkischen Honig. Ehrlich gesagt, war ich von dem pappigen Zeugs, das sich an die Zähne klebte, etwas enttäuscht. Dafür gab es aber einen Hochgenuss, das Steckerleis.

Eines kostete sage und schreibe nur 10 Pfennig. Im ersten Jahr gab es nur Vanilleeis. Wieder muss ich sagen, dass mir später – und ich genieße jedes Jahr die verschiedensten Sorten – kein Eis mehr so gut geschmeckt hat wie das so genannte Jopaeis, an dem ich damals genüsslich lutschte. Das war fast die einzige Ausgabe, die wir Buben uns leisteten – allenfalls neben einem Fahrgeschäft. Aber es gab ja auch noch so viele kostenlose Freude wie den Vogeljakob, der seinen Stand in der Nähe der Bavaria hatte. Gern besuchten wir auch den so genannten Zuban-Turm, ein großes Tor an einem Eingang der Wiesn, der eigentlich für die Zigarettenmarke warb und wo zu bestimmten Zeiten Darbietungen auf der Bühne zu sehen waren.

Am Samstagabend leisteten wir uns mit dem Einverständnis unserer Eltern sogar den Luxus, nach der Schule durch das beeindruckende Lichtermeer zu schlendern. Meine Mutter half übrigens seit ein paar Wochen vormittags im Bäckerladen der Tante Käthi beim Verkauf mit. Dafür bekamen wir alles Gebäck, das wir brauchten, kostenlos.

War an den ersten Tagen der Woche um 13.15 Uhr der Unterricht beendet, so lief ich über die Theresienwiese zur Pfeuferstraße und holte Mutti ab. Wir fuhren dann mit der Linie sechs von der Lindwurmstraße aus heim und wurden schwanzwedelnd von unserer Nelly begrüßt, die das Haus treu bewachte.

Im Frühjahr dieses Schuljahres ereignete sich etwas, was ich heute noch bis ins letzte Detail im Gedächtnis habe. Wir hatten Biologie. Hinter mir saß der Wöhrmann-Franz, der Sohn des Wirts vom Mittenwalder Hof. Aus irgendeinem Grund – ich habe ihn längst vergessen – hatte ich mir den Zorn des Franz zugezogen. Der Franze, der, wie man so sagt, gut beieinander war und schon die eine oder andere Rauferei erfolgreich bestanden hatte, ließ mich ein paar Mal flüsternd wissen: »In der Pause verhau ich dich.«

Das war bei dem kraftstrotzenden Burschen keine schöne Verheißung. Ich wartete angespannt auf das Erklingen der Pausenglocke. Beim ersten Ton sprang ich auf und versuchte, dem angekündigten Verprügeln zu entkommen. Ich rannte, so schnell meine Füße mich trugen, spürte aber bereits den Atem des Verfolgers. Vor der Tür zum Hof standen ein paar Schüler, die den Weg nach draußen blockierten. Also lief ich die Treppe hinauf, und ohne darauf zu achten, dass ich mich in das Tabu-Gebiet des Lehrergangs bewegte, riss ich die Tür zu diesem Heiligtum auf. Hinter mir jagte noch immer der Franze her.

Wie es das Schicksal wollte, trat in dem Moment der Direktor der Schule aus dem Lehrerzimmer. Dieser hatte seit eh und je den Spitznamen Zeus. Das lag nicht nur daran, dass er an der obersten Spitze des Lehrer-Götterhimmels stand – er sah auch mit seinen langen Haaren und dem wallenden Bart den bekannten Statuen des obersten griechischen Gottes verblüffend ähnlich. Da er ein großer Homer-Liebhaber war, vermute ich, dass dieses Image durchaus gewollt war. Ich hatte ihn bis dato nur einmal kennengelernt. Er hatte unserem jungen Lehrer einen Besuch abgestattet und das

Wort ergriffen. Dabei hatte er wiederholt eine Gedichtzeile von Detlev von Liliencron zitiert: »Im Zickzack zuckt ein Blitz«. Dabei machte er bei den zahlreichen Z jeweils eine passende Zickzackbewegung mit den Händen, wie um erneut an den olympischen Herrn über die Blitze, den Blitzeschleuderer Zeus selbst, zu erinnern.

Der Zeus wurde aber auch von manchen etwas despektierlicher als »Wauwau« bezeichnet. Denn sobald ihm bei seinen Kontrollgängen durch die Hallen des Gymnasiums aus irgendeiner Tür der geringste Lärm entgegentönte, betrat er sofort in heiligem Zorn das Klassenzimmer und wies Schüler und Lehrer gleichermaßen zurecht. Ach ja, richtig, zu uns war er seinerzeit zu seinem »Blitz-Besuch« auch nur deswegen gekommen, weil wir gerade zusammen mit unserem Klassleiter ein wenig Gaudi hatten.

Dieser gefürchtete Oberste aller Götter und Göttinnen bemerkte uns nun sofort und rannte auf seinen kurzen Beinen hinter uns her. Der Wöhrmann-Franze, der inzwischen schon auf gleicher Höhe wie ich war, bemerkte nun ebenfalls den wütenden Gebieter der Himmlischen und Irdischen. Er nahm mich bei der Hand, riss die andere Tür des Lehrerganges auf und zog mich die dortige Treppe herunter. Jetzt spürten wir beide den Atem des Verfolgers hinter uns. Unten zerrte mich der Franze in den nächsten Gang, wo das Schülerklo war. Der Franz drängte mich hinein, schob mich, als der Zeus immer näher kam, drinnen in eine Kabine und schloss ab, offensichtlich in panischer Angst. Welch naive Vorstellung, ein zürnender Gott würde sich durch eine verriegelte Klotür abhalten lassen! Der Zeus rüttelte mir aller Kraft dran und brüllte: »Komm Er heraus!«

Unser Oberstudiendirektor war es nämlich gewohnt, in der dritten Person zu sprechen.

Ich begann zu weinen, und der neue Gefährte in der Not, das Raubein Wöhrmann, stimmte solidarisch mit ein.

»Sperr Er auf«, schrie der Zeus noch lauter und warf sich gegen die Tür.

Da resignierte der Franz und löste die Verriegelung. Ein zornrotes Antlitz blickte uns drohend entgegen. Er nahm jeden von uns an einem Ohr und donnerte: »In welcher Klasse ist Er?«

Da half bestimmt kein Leugnen, und wir flüsterten mit weinerlicher Stimme: »In der 2a.«

Die Hand noch immer an unseren Ohren, zog er uns in das nahe gelegene Klassenzimmer, stieß ohne anzuklopfen die Tür auf und schnaubte unseren Bayerle, der noch am Katheder stand, an: »Was hat Er da für üble Subjekte in der Klasse!«

Unser lieber Lehrer schaute mitleidig staunend auf die beiden Häuflein Elend und flüsterte so etwas wie: »Nein, so schlimm sind sie gar nicht.«

Das war aber dem Zeus egal, und er schrie: »Das muss bestraft werden.« Und dann berichtete er mit bebender Stimme von unserem grauenvollen Sakrileg.

Um Bayerles Lippen zuckte es verdächtig. Aber Zeus verkündete mit Donnerstimme: »Direktoratsarrest für beide Übeltäter.«

Ich wusste bis dahin gar nicht, was das war, aber dem erschrockenen Blick unseres Lehrers nach musste es sich um etwas Drakonisches handeln. Er versuchte auch noch einen Gnadenappell für uns. Zeus schaute ihn aber nur missbilligend an und rief: »Befehl ist Befehl.« Dann verließ er voll Abscheu den Ort des

Geschehens und hinterließ, während die übrigen Klassenkameraden aus der Pause zurückkamen, zwei völlig geknickte »Subjekte«.

Ich habe dann erfahren, dass der Direktoratsarrest tatsächlich die zweithärteste Strafe nach dem Verweis von der Schule war. Wenn ich mir vorstelle, was Schüler heute wohl – gibt es eigentlich noch einen Direktoratsarrest? – anstellen müssen, um eine solche Strafe zu bekommen! Abbrennen der Schule? Raub der Schulkasse?

Bayerle nahm es hin, dass ich bis zum Ende des Unterrichts nicht mehr ansprechbar war. »Ich will es morgen noch einmal versuchen«, tröstete er mich und legte mir die Hand auf die Schulter.

Ich weiß nicht mehr, wie ich heimgekommen bin. Meine Eltern erschraken, als sie mich sahen. »Ja, was ist denn los, Bub?«, fragte mich mein Vater voll Sorge.

Mühsam stammelte ich einen lückenlosen Bericht einschließlich der ausgesprochenen Strafe heraus. Ich blickte meinen Vater ängstlich in die Augen.

Der schüttelte aber bloß den Kopf und nahm mich liebevoll in die Arme. »Ich werd morgen mit deinem Klassleiter reden. Da lässt sich bestimmt was machen.«

Es nützte alles nichts. Der Zeus blieb hart und kündigte an, dass wir in der nächsten Woche die wohlverdiente Strafe abzusitzen hätten.

Da geschah etwas ganz und gar Unerwartetes: Am Wochenende las ich zunächst eine Knallüberschrift in der Abendzeitung: »Schreckliche Tat am Eisbach«. Und darunter stand ein Bericht, dass eine junge Frau auf das Baby ihrer Freundin aufgepasst und es dann in geistiger Umnachtung ins Wasser geworfen und ertränkt habe. Es handle sich dabei um die Tochter des Oberstudiendirektors W.

Um wen es dabei ging, wurde mir erst am Montag in der Schule klar, als mich der Wöhrmann-Franze gleich mit einem: »Hast es schon gelesen?« empfing.

Und dann erfuhr ich auch von anderen, dass es sich um die Tochter unseres Zeus handelte. Kurz darauf quittierte er sein Amt. Nicht einmal das Raubein Franze wagte eine Bemerkung wie: »Da haben wir Schwein gehabt.« Welch unglaubliche Tragödie hatte unseren Arrest verhindert!

Viele Jahre später, als ich begann, Latein und Griechisch zu studieren, bemerkte ich beim Durchblättern des Vorlesungsverzeichnisses, dass ein Dr. W. eine Vorlesung über die Odyssee abhalte. Ich bin in den kleinen Hörsaal gegangen, wo sich ein paar Studenten verloren. Interessiert lauschte ich der immer noch bekannten Stimme des Dozenten. Am Ende der Vorlesung bin ich auf ihn zugegangen und stellte mich als ein ehemaliger Schüler von ihm vor. Ein leichtes Lächeln huschte über seine Lippen: »So, so, Sie waren also in meinem Theresiengymnasium«, sagte er mit erkennbar wehmütiger Stimme und reichte mir die Hand. Erst hernach ist mir eingefallen, dass er nicht mehr gesagt hatte: »Dann war Er wohl am Theresiengymnasium.«

In der zweiten Klasse habe ich dank der freundlichen Strenge von Bayerle vor allem die unregelmäßigen Verben so unauslöschlich in mein Gedächtnis eingegraben, dass ich noch heute zum Erstaunen meiner Kinder alle Formen herunterschnurren kann. Doch gab es am Ende des Schuljahres einige Opfer zu beklagen, die nicht zuletzt den nur mit großem Fleiß zu lernenden häufigen Ausnahmeregeln erlegen waren. Leider waren auch einige Fußballgrößen darunter. Noch heute erinnere ich mich an den gemeinsamen Abschlussgottesdienst in der

Paulskirche. Er fand vor der Zeugnisverteilung statt, und einige mögen dabei – wenn auch reichlich spät – darum gebetet haben, dass der Kelch wenigstens in diesem Jahr noch einmal an ihnen vorübergehen möchte.

Fahrt ins Blaue mit Onkel Jakob

Wieder begann ein neues Schuljahr. Wir saßen bereits in unserem alten Klasszimmer und harrten erwartungsvoll der Beantwortung der Frage, welche Lehrer, vor allem welchen Klassleiter, uns das dritte Schuljahr bescheren würde. Unser ehemaliger Klassleiter Bayerle betrat den Raum.

»Ich stelle euch nun euren neuen Klassleiter vor«, kündigte er mit erhobener Stimme an. Dann verließ er das Zimmer. Die Spannung stieg ins Unermessliche. Nach ein paar Minuten kam er wieder herein. »Darf ich vorstellen«, grinste er, »ich bin eurer neuer Klassleiter.«

War das ein Jubel!

In der dritten Klasse bekamen wir das Fach Geschichte dazu, in dem uns ebenfalls Bayerle unterrichtete, und außerdem Englisch. Darauf hatte ich mich schon seit der Zeit meiner ersten Verständigungsversuche mit den Amerikanern, »Have you please a chewing gum?«, gefreut.

Unser Englischlehrer war ein älterer Herr namens Riedmüller. Ich ging mit großem Fleiß an das neue Fach heran, und weil der Lehrer im Gegensatz zum modernen Englischunterricht ganz systematisch vorging und zunächst auf die Grammatik großen Wert legte, waren meine ersten Noten recht gut. Das sollte sich erst später ändern, als ich vor allem bei den Diktaten größere Schwierigkeiten bekam.

In diesem Jahr hatten wir nur wenige neue Schüler bekommen. Einer davon ist mir ein lieber Freund geworden und bis heute geblieben, der Heini Reicheneder, der gleich neben dem Schwegler-Helmut in der Farchanter Straße wohnte. Seine Mutter war früh Witwe geworden und hat in bewundernswerter Weise fünf Kinder großgezogen. Eine der ersten Fragen an die Neuen war, auch aufgrund der zahlreichen Abgänge: »Kannst du Fußball spielen?« Der Heini und der andere Neuzugang Winfried Kohlbeck waren stämmige Burschen, die einen soliden Fußball spielten. Allerdings waren sie darin nicht so genial wie der König-Max und der Spitzweg, die uns leider verlassen hatten. Nicht mehr dabei war auch unser erster Torhüter Ellmann, und so rechnete ich mir schon meine Chance aus. Da bekundete der Dritte von den Neuen, Hanno König, seinen Anspruch aufs Tor. Wir waren etwa gleichwertig, und so entstand damals eine Art Kahn-Lehmann-Situation: einmal er, einmal ich. Der Hanno war der einzige Schüler, der nicht am Religionsunterricht teilnahm. Der Schwegler-Helmut löcherte ihn beharrlich, ob er Zeuge Jehovas sei, aber er wich der Frage immer geschickt aus. Irgendwann haben wir dann einmal auf einem Bogen den Begriff »glaubenslos« entdeckt. Ich hatte bis dahin gar nicht gewusst, dass es so etwas überhaupt gibt.

Das Gastspiel des Hanno währte nur ein halbes Jahr. So blieb meiner Klasse schließlich nichts anderes übrig, als mich ins Tor zu stellen.

Besonders der Geschichtsunterricht von Klassleiter Bayerle machte mir viel Freude. Er vergab in seinen

Schulaufgaben Extrapunkte für zusätzliches Wissen. So begann ich viel Historisches zu lesen und habe mir auch bis heute ein solides Grundwissen gerade über die griechische und römische Antike erworben.

In die dritte Klasse fiel meine Firmung. Schon längere Zeit davor hatten wir überlegt, wer mein Firmpate sein sollte. Mein sehnlichster Wunsch wäre Onkel Christl gewesen. Aber der weilte ja im fernen Amerika. Er hatte zwar signalisiert, dass er trotz Abwesenheit das Amt übernehmen könne. Wir hatten uns deswegen erkundigt und erfahren, dass das tatsächlich möglich war. Aber trotzdem brauchte ich vor Ort einen Vertreter, sozusagen einen Vize-Firmpaten. Da bot sich mein Onkel Jakob an, was mich sehr freute.

Wir wurden von unserem Religionslehrer Schneller über lange Zeit bestens auf den Empfang dieses Sakramentes vorbereitet, lernten natürlich auch die entsprechenden Lieder und die »sieben Gaben des Heiligen Geistes«, die heute nur noch die wenigsten kennen. Wir erfuhren, dass die Firmung in der Michaelskirche von Kardinal Faulhaber vorgenommen würde – er hatte schon meine Mutter gefirmt.

Am Firmtag waren wir, meine Mutter, mein Vater und ich, dann sehr pünktlich in der Bäckerei in der Pfeuferstraße. Mein Onkel zog sich gerade um und beruhigte mich: »Wir haben noch viel Zeit.«

Es kam aber noch einiges dazwischen, wie ein paar Telefonanrufe. Endlich saßen wir im Auto. Mein Onkel wollte das Fahrzeug anlassen, da stellte er fest, dass es an einem Reifen einen Platten hatte. Im Festanzug machte er sich an den Radwechsel. Da fiel ihm plötzlich ein, dass auch der Ersatzreifen platt war. Er hatte es ganz vergessen gehabt. Ich weiß nicht, woher, aber er brachte trotzdem ein Ersatzstück daher, das er nun mit einiger Mühe anmontierte. Der Zeiger der Uhr rückte immer näher an den Beginn des Festgottesdienstes. Mein Onkel, der sich bei der Prozedur ganz schön schmutzig gemacht hatte, trat nun voll aufs Gas und raste mit uns los. Er lud uns vor der Kirche ab – es war zwei Minuten vor Beginn des Gottesdienstes – und rief uns zu, dass er nachkäme, wenn er einen Parkplatz gefunden hätte. Der Gottesdienst hatte längst begonnen, da kam er endlich herein und stellte sich neben seinen Firmling.

Die Firmung durch den betagten und ehrwürdigen Kardinal Faulhaber war ein großartiges Erlebnis. Danach ging es erst mal wieder in die Pfeuferstraße zurück. In einem Zimmer lagen ein paar Firmgeschenke von meinen Eltern, Tante Käthi und Onkel Jakob. Der musste noch einiges erledigen, bis wir, inzwischen schon etwas hungrig, zum Firmungs-Ausflug starten konnten.

Der Onkel Jakob hatte eine Art Fahrt ins Blaue, ins Gebirge geplant. Wir kamen unterwegs an mehreren Gasthöfen vorbei, und Tante Käthi meinte jedes Mal, dass wir doch jetzt endlich einkehren sollten. Der Onkel Jakob fand aber mit schöner Regelmäßigkeit, dass das doch noch nicht das Rechte für eine so schöne Feier sei.

Als unsere Mägen immer lauter zu knurren begannen und alle im Wagen mit immer mehr Nachdruck den gleichen Wunsch aussprachen wie die Tante, beugte sich mein Firmpate endlich der Mehrheit und hielt vor einem Wirtshaus an. Wir betraten das Gastzimmer und erhielten die Mitteilung, dass es jetzt keinen Mittagstisch mehr gebe. Tatsächlich, es ging schon auf drei Uhr nachmittags zu. »Denkts euch nichts, wir finden schon noch was Gescheites«, tröstete uns Onkel Jakob und setzte mit uns seine Fahrt in die Berge fort.

Noch einmal etliche Kilometer weiter entdeckte er ein Schild: »Zur Bäckeralm«.

»Das ist das Richtige«, rief er begeistert und fuhr auf schmalen Serpentinen in die angegebene Richtung. Es dauerte noch längere Zeit, bis wir vor einem nicht besonders ansehnlichen Holzhäuschen standen. Wir stiegen in freudiger Erwartung aus und mussten an der Tür zu unserem Entsetzten lesen: »Sonntag Ruhetag«.

Mein Firmpate ließ sich aber durch so etwas nicht entmutigen. In der Nähe bemerkte er auf dem Feld ein paar Leute. Er ging auf sie zu und trat in ein längeres Gespräch mit ihnen. Freudestrahlend kam er mit einer Frau zu uns. »Das ist die Besitzerin«, verkündete er stolz. »Ich hab mit ihr ausgehandelt, dass sie uns trotz des Sonntags bewirtet.«

Etwas mürrisch sperrte die Frau auf und brachte uns nach einiger Zeit eine Kanne Kaffee, ein Haferl Milch und ein paar Stücke Kuchen. »Mehr is' net da«, meinte sie.

Ich erinnere mich noch genau, dass die Milch schon sauer und der Kuchen recht trocken war. Aber wie heißt der Lieblingsspruch meines Vaters: »In der Not frisst der Teufel Fliegen.« Dem Onkel Jakob aber schien die Tatsache große Freude zu bereiten, dass er als Bäcker ausgerechnet die »Bäckeralm« ausfindig gemacht hatte und sogar am Ruhetag bedient wurde.

Nach diesem Mahl machten wir einen kleinen Spaziergang und stiegen unter der Verheißung meines Firmpaten: »Dafür essen wir jetzt ganz groß zu Abend«, wieder ins Auto.

Wir fuhren einige Kilometer, da tat es einen lauten

Knall, und der Wagen begann zu rumpeln. Als das Auto zum Stehen gekommen war, bemerkten wir voll Entsetzen, dass wir einen erneuten Plattfuß hatten. Da wir aber bekanntlich keinen Ersatzreifen mehr dabeihatten, blieb dem Onkel Jakob gar nichts anderes übrig, als den defekten Autoschlauch zu flicken. Trotz der bewundernswerten handwerklichen Begabung meines Onkels – ich selber bin bis heute zu ungeschickt, einen Reifen zu wechseln – dauerte dieses Unternehmen eine halbe Stunde. Damit nicht noch einmal etwas passieren konnte, fuhr der Onkel Jakob nun ganz, ganz langsam zurück. Da es doch schon sehr spät geworden war, gingen wir in die nächstbeste Wirtschaft, in der nur noch eine sehr reduzierte Speisekarte auflag. Ich glaube, ich habe ein belegtes Brot gegessen. Müde von diesem aufregenden Firmtag kamen wir, nachdem ich mich noch bei meinem Firmpaten bedankt hatte, in unserem Häuschen in der Hölderlinstraße an.

Damit man mich recht versteht: Der Onkel Jakob war ein unglaublich großzügiger Mensch. Meine Mutter sagte immer wieder: »Der würde sein letztes Hemd für einen ausziehen.« Er war die Verkörperung des Spruches »Raue Schale, weicher Kern«.

Typisch für ihn war, dass er sich grundsätzlich nichts gefallen ließ, wie schon angedeutet, auch nicht von den Nazis. Im Laufe der Jahre führte das dazu, dass er einen Anwalt – ich glaube, er hieß Silbermann – fast nur für sich allein beschäftigte.

Onkel Jakob stammte aus der Eichenau und erbte immer wieder Grund in dieser Gegend. Der war aber seinerzeit nicht viel wert. Ich hörte einmal, dass man damals einen Quadratmeter für eine Mark hätte kaufen können. Der Grunderwerb beflügelte aber Onkel

Jakobs große Leidenschaft: das Bauen. Wo auch immer sich eine Möglichkeit auftat, baute er irgendetwas. Auf seinem ursprünglichen, noch ziemlich kleinen Grund hatte er ein ebenerdiges Häuschen nach eigenen Plänen errichtet, das er bei jeder Gelegenheit anbaute. Eine meiner lustigsten Erinnerungen ist, dass er auf die Idee kam, eine neue Toilette und ein Bad anzubauen – und danach musste man das Haus über diese Lokalitäten betreten. Wenn gerade jemand auf dem »Häusl« saß, musste man mit dem Eintritt eben warten. Aber es konnte natürlich auch sein, dass der Austritt blockiert war, weil gerade jemand austreten musste.

Zu meiner großen Freude schaffte er sich für seinen immer größer werdenden Grundbesitz sogar einmal eine Kuh an. Selbstverständlich errichtete er um diese herum einen selbst entworfenen Stall. Ich bin ein paar Mal in den Genuss der frisch gemolkenen Milch gekommen. Und Milch ist für mich immer das Höchste gewesen und geblieben. So bedauerte ich zutiefst, als ich irgendwann erfuhr, dass sich mein Onkel aus irgendeinem Grund von dem Tier getrennt habe.

Der nun leer stehende Stall wurde – vielleicht hat der Leser es schon erraten – nach ausgereiften architektonischen Überlegungen als »Grundstock« für ein kleines Haus beibehalten. Jede freie Sekunde schuftete der Onkel Jakob an dem Projekt. Als es fertig war, vermietete er es für einen Spottpreis an eine bedürftige Familie.

In späteren Jahren wollte mein Onkel Berti sein winziges Gartenhäuschen wegen Baufälligkeit abreißen. Onkel Jakob war entsetzt, kaufte es ihm großzügig ab und verfrachtete die paar Bretter in die Eichenau. Dort stellte er es in einer Ecke des schon wieder gewachsenen Grundstückes auf und ruhte nicht, bevor er es zu einem kleinen Haus ausgebaut hatte, das er wieder für ein paar Pfennige an ein armes Ehepaar vermietete.

Die schönste Geschichte rund um seine Bauleidenschaft spielt einige Jahre später. Onkel Jakob hatte wieder einmal beschlossen, das Haus, in dem er am Wochenende mit der Tante Käthi und der Hannelore wohnte, zu erweitern. Er werkte und werkte, bis eines Tages ein Mann von der Baubehörde nach der Genehmigung für den Anbau fragte. Mein Onkel war empört, dass so etwas notwendig sei. Der Mann blieb aber stur und untersagte jedweden Weiterbau. Onkel Jakob prozessierte, muss aber den Prozess offensichtlich verloren haben, denn einige Zeit rührte sich nichts mehr auf der Baustelle.

Wer aber nun glaubt, Onkel Jakob hätte resigniert aufgegeben, hat sich getäuscht. Eines Tages standen an der Nordseite des Hauses vier hohe Wände. Als der Beamte wieder erschien und nun mit hoher Strafe für den Weiterbau drohte, erklärte mein Onkel, es handle sich ja nur um einen großen Swimmingpool. Er habe sich erkundigt und abgesichert, so etwas sei nicht genehmigungsbedürftig.

Der Gedanke an den Swimmingpool war für mich, inzwischen ein leidenschaftlicher Schwimmer, faszinierend. Leider habe ich nie erlebt, dass er je mit Wasser gefüllt worden wäre. Dummerweise stand er am schattigsten Platz im ganzen Gelände. Dazu kam, dass weder der Onkel Jakob noch die Tante Käthi, noch meine Cousine Hannelore schwimmen konnten. In dem drei Meter hohen Pool wären sie wohl alle ertrunken.

Wieder einige Jahre später, als in der Eichenau viel Neues gebaut und die Vorschriften wohl etwas lockerer geworden waren, erlebte ich dann, dass das ursprüngliche Bauvorhaben nun doch realisiert und der »Pool« zu zwei Zimmern umfunktioniert wurde. Das oberste war allerdings nur durch eine Art Feuerleiter erreichbar.

Um die Geschichte meines Onkels an dieser Stelle gleich zu Ende zu erzählen: Als er in Rente ging, zog er mit Tante Käthi ganz nach Eichenau. Damals erfuhr er, dass auf der gegenüberliegenden Straßenseite ein Friedhof errichtet werden sollte.

Mit allen ihm zur Verfügung stehenden Mitteln versuchte er dies zu verhindern. Wieder einmal strengte er einen Prozess an, der sich ewig in die Länge zog. Er verlor ihn.

Ganz unerwartet früh verschied mein so lieber und vitaler Onkel. Es war die erste Beerdigung im neuen Friedhof, wo er nun mit der herzensguten Tante Käthi ruht, die ihm einige Jahre später folgte. Dass ihm eine »ewige Ruhe« beschieden sein könnte, glaube ich nicht. Denn vermutlich sind auf dem Himmelsgelände seit seinem irdischen Abschied einige Neubauten entstanden. Und angesichts des riesigen Areals, das dort zur Verfügung steht, gibt es bestimmt kein Problem mit der Baugenehmigung.

Also, lieber Vize-Firmpate, nochmals ein Vergelt's Gott für alles Liebe und Gute. Ein solches Original wie du ist bestimmt auch für da drüben eine Bereicherung.

Besuch aus Amerika – und neue Erkenntnisse über meinen Vater

Nun wieder zurück zu dem inzwischen dreizehnjährigen Helmut. Das dritte Schuljahr ist mir nicht zuletzt durch unseren Klassleiter Bayerle rundum als schön in

Erinnerung geblieben. Wir haben seinerzeit das Wort Stress noch nicht gekannt, obwohl wir durchaus viel lernen mussten. Man war aber noch keinem Leistungswettbewerb im heutigen Sinne ausgesetzt. Natürlich gab es bessere und weniger gute Schüler, aber noch kein Gerangel um irgendwelche Spitzenpositionen. Im Gegenteil, man versuchte sogar, einem beim Vorrücken gefährdeten Kameraden zu helfen – vor allem, wenn es sich um einen guten Fußballer handelte.

In diesem Jahr fielen nicht viele Schüler durch. Ein Wermutstropfen war, dass wir nun davon ausgehen mussten, unseren Bayerle im nächsten Schuljahr nicht mehr zu bekommen.

Die Ferien waren durch ein herausragendes Erlebnis ausgezeichnet. Mein Onkel Christl hatte sich entschlossen, mit seiner Frau einen Deutschlandbesuch zu machen. Ich zählte die Tage und Stunden, bis es so weit wäre.

Und da stand er nun mit meiner sehr attraktiven Tante endlich vor unserem Gartentor. Da Regina auch noch ihre zahlreichen Verwandten in Ingolstadt besuchen wollte, blieben für uns in München nur ein paar Tage. Trotzdem war es eine wunderschöne Zeit. Mein Onkel war ein unglaublich humorvoller Mann, und ich merkte von Anfang an, wie sehr er mich ins Herz geschlossen hatte. In einem lustigen Bayrisch, das immer wieder durch ein paar englische Brocken wie »you know« garniert war, erzählte er von dem mir gänzlich unbekannten Amerika, von seinem Beruf und seinen Töchtern.

Nach ein paar Tagen reiste er weiter nach Ingolstadt zu seiner Schwester, meiner Tante Centa. Wir haben ihn dort noch ein paarmal besucht. Genau erinnere ich mich noch an einen Abend im MTV Ingolstadt, dem mein Onkel und mein Vater von Kindheit an angehörten.

Der Vorstand hielt eine lustige Ansprache. Er ließ dabei meinen Vater hochleben und stellte vor allem dessen Verdienste für den Schwimmsport heraus. Mein Vater wurde dabei etwas verlegen. Er war zwar ein ausgezeichneter Turner und Trainer der Damenriege gewesen, hatte aber ein ziemlich gebrochenes Verhältnis zum Schwimmen. Irgendwann erzählte er mir, dass er als Jugendlicher ein ganz ähnliches Erlebnis wie ich gehabt habe: Man habe ihn ins Wasser gestoßen und »getaucht«. Seitdem sei er nie mehr richtig geschwommen.

Apropos Trainer der Damenriege: Vor einigen Jahren sprach mich nach einem Vortrag eine ältere Dame an: »Kann es sein, dass Ihr Vater Ingolstädter war?«

Ich bejahte.

»War er vielleicht Mitglied beim MTV und ein guter Turner?«

Ich nickte.

»Mein Gott«, meinte sie, »dann war er mein Trainer.«

Sie erzählte mir viel Nettes und Gutes von meinem Vater. Dann schaute sie mich nachdenklich an: »Wissen Sie, warum Ihr Vater damals von Ingolstadt weggegangen ist?«

Ich schaute verblüfft. »Nein, das hat er mir nie erzählt«, antwortete ich.

»Dann sag ich's Ihnen. – Ihr Vater wollte als junger Mann meine Schwester heiraten, aber mein Vater war dagegen. Der wollte einen reicheren Schwiegersohn. Ja, und dann ist der Zöpfl-Sepp wohl aus Verärgerung über die Ingolstädter nach München gegangen.«

»Ja, so was«, meinte ich. »Jetzt weiß ich das auch.«

Wir verabschiedeten uns. Erst eine halbe Stunde später beim Nachhausefahren ist mir im Auto eingefallen, dass ich diesem Mann zu höchstem Dank verpflichtet bin und ihm eigentlich ein paar Blumen aufs Grab legen müsste. Hätte der nämlich Ja gesagt, hätte Vati wohl nie meine Mutter in München bei einer »Redoute«, wie er immer erzählte, kennengelernt. Ja, und dann säße ich sicher nicht da und würde das alles zu Papier bringen. Und Sie, geneigter Leser, könnten sich diese und die nächsten Seiten ersparen.

An diesem Abend im MTV hatte ich noch ein Erlebnis, das mir sehr zu denken gab. Nach dem einfachen Essen in der Vereinsgaststätte wurde eine Karte mit Eisspezialitäten – so was gab es jetzt schon – herumgereicht. Mir lief das Wasser im Mund zusammen. »Bitte, Papa«, bettelte ich.

»Das bekommst du von mir«, meinte Onkel Christl. So nebenbei aber erzählte er, wie er damals, gleich nach seiner Auswanderung, in Amerika hatte sparen müssen. »Ich war sehr froh, dass meine Kinder das einsahen und nicht alles haben wollten.«

Diese freundliche Ermahnung durch die Blume hat mich mehr beeindruckt als jede Moralpredigt. Irgendwo war ich tief beschämt und habe für später gelernt, dass man nicht alles haben kann, aber auch nicht haben muss, was man sich gerade wünscht.

Kurz vor dem Beginn des neuen Schuljahres kam der Tag des Abschieds von Onkel Christl und Tante Regina. Beide nahmen mich ganz fest in die Arme. Tante Regina habe ich nie mehr gesehen, Onkel Christl nur noch einmal und ganz kurz, als er etwa zehn Jahre später zu einer Stippvisite für ein paar Tage bei uns vorbeikam.

Meine doppelte Aufholjagd – in Griechisch und Sport

Im vierten Gymnasialjahr bekamen wir viele neue Lehrer und auch eine andere Klassleiterin, die Frau Keim. Sie unterrichtete bei uns Latein, Deutsch und das neue Fach Griechisch. Frau Keim wohnte ganz in unserer Nähe und war eine sehr attraktive Frau. Ich hatte zwar noch keinen Blick für so etwas, aber unsere Repetenten – und davon bekamen wir in dieser Klasse wieder mehrere – machten immer wieder anerkennende Bemerkungen. Besonders tat sich in dieser Beziehung mein neuer Mitschüler Bernd hervor. Ich weiß nicht, wie es sich in solchen Belangen auswirkte, dass wir eine reine Bubenklasse waren. Aber ich habe manchmal den Eindruck, dass wir im Vergleich zu unserer Parallelklasse viel weiter zurück waren, was Frauen anbetrifft. In der B-Klasse gab es, glaube ich, vier Mädchen.

Nach diesem Jahr blieb das Theresiengymnasium für mehrere Jahre – warum, weiß ich bis heute nicht – männlichen Schülern vorbehalten. Bei einem Klassenausflug, den wir zusammen mit der B-Klasse machten, traf einen Klassenkameraden von mir das Los, dass er neben einem Mädchen sitzen musste. Noch heute klingen mir die kindisch-höhnischen Chöre bei der Hinfahrt in den Ohren, die sich mein armer Klassenkamerad mit rotem Kopf anhören musste: »Aumeier« – (so hieß er) – »Doppelstein« – (das war eines der vier Mädchen aus der Parallelklasse).

Durch die Repetenten, die teilweise zwei Jahre älter waren als wir, kam nun etwas Bewegung in unsere brave Klasse.

Unsere Klassleiterin konnte trotz ihrer jungen Jahre

eine recht energische Person sein. Wir bekamen im Lateinunterricht die erste Lektüre, den Cornelius Nepos, und gingen in der neuen Sprache Griechisch zügig voran. Obwohl ich schon in den Ferien ein paar griechische Buchstaben eingeübt hatte, verpasste ich irgendwie den Einstieg. Ich saß in diesem Jahr neben meinem Freund Helmut Schwegler. Bei der ersten Griechischschulaufgabe spickte ich mehr als sonst. Wie oft der Helmut seinerseits zu mir herüberblickte, weiß ich nicht. Jedenfalls schaute uns die Frau Keim bei der Herausgabe der Aufgabe strafend an und meinte: »Die beiden Helmuts haben fast dieselbe Arbeit abgegeben, leider auch mit den gleichen Fehlern. Ich hab mir lange überlegt, ob ich nicht wegen Spickens eine Sechs geben sollte, aber ich habe dann darauf verzichtet. – Da«, sagte sie, »ihr habt noch einen Dreier. Aber ich kann euch in der nächsten Zeit nicht mehr vertrauen.«

Das saß. Da ich immer noch übersensibel war, kullerten mir tatsächlich ein paar Tränen über die Wangen. Das Erlebnis hätte eigentlich für mich eine Warnung sein müssen. Aber irgendwie war in Griechisch ein gewisser Schlendrian bei mir eingezogen. So überreichte mir bei der nächsten Schulaufgabe unsere Lehrerin ein ziemlich rot garniertes Blatt mit einem Fünfer drauf. Meine Eltern waren wie immer nicht böse, aber Mutti meinte: »Meinst nicht, Bub, dass wir da was machen sollen?«

Ein paar Tage später erzählte sie mir, dass unter den Stammkunden der Bäckerei meines Onkels Jakob ein pensionierter Gymnasiallehrer sei, der Griechisch und Latein gegeben habe. Trotz eines kleinen Widerspruches trat ich bei ihm ein paarmal an. Der Mann war sehr streng, aber doch irgendwie ganz nett. Mit ein paar

Stunden brachte er mich dann recht schnell auf Vordermann, und so ging es mit mir auch in Griechisch aufwärts.

In die vierte Klasse fiel auch ein weiterer kleiner Klassenausflug. Wir fuhren mit dem Zug vom Mittersendlinger Bahnhof einige Kilometer und wanderten dann an den Deininger Weiher. Am Nachmittag kehrten wir in einer Wirtschaft ein. Unsere Repetenten bestellten sich zu unserem Erstaunen ein Glas Bier. Alkohol war für die meisten von uns bis dahin ein Fremdwort gewesen. Noch heute bin ich erstaunt, dass Frau Keim, die ja bei uns saß, nichts sagte und so tat, als würde sie das alles gar nicht bemerken.

Das Bier animierte meinen Freund Helmut zu einem Streich. Er saß neben unserem Franz Huber, der damals der wohlbeleibteste in der Klasse war und – Kinder sind halt miteinander manchmal gemein – von allen »Wambo« gerufen wurde. Die beiden flüsterten etwas miteinander, und ich glaubte etwas von einer Art Wette herauszuhören.

Plötzlich hatte jeder von den beiden eine ganze Maß Bier vor sich stehen. Ich schaute unsere Lehrerin an. Die saß aber am Nebentisch und tat zumindest so, als würde sie nichts bemerken. Mit ein paar Prosits hatte der Helmut den Wambo dazu gebracht, seine Maß bis zum Grund zu leeren. Ich traute meinen Augen nicht, als die Bedienung zwei weitere Maßkrüge vor die beiden Zecher hinstellte. Es dauerte nicht allzu lange, bis auch diese ausgetrunken waren.

»Auf geht's«, rief der Helmut dem Franz zu, »jetzt packen wir noch eine.« Der aber protestierte nun immer wieder energisch und in so reinem Hochdeutsch, wie ich es von ihm noch nie gehört hatte: »Um Himmels willen, nein, nein. Eher könnt ihr einer Kuh eine Torte zum Essen geben als mir noch einen Schluck Bier.«

Der Wambo hielt sich beim Nachhauseweg einigermaßen gut, allerdings in gebührendem Abstand zur Frau Keim, die weiterhin überhaupt nicht reagierte. Ich bin inzwischen der Meinung, dass die alles genau beobachtet hat und sich irgendwie köstlich amüsierte, auch wenn sie vielleicht ihrer Aufsichtspflicht nicht ganz nachgekommen ist.

Am Mittersendlinger Bahnhof trennten sich unsere Wege. Wir »Waldfriedhofler« Schwegler, Reicheneder und Zöpfl gingen noch ein ganzes Stück zusammen mit unserer Lehrerin, die ja in unserer Nähe wohnte. Noch heute muss ich lachen, wenn ich dran denke, wie der Helmut ganz steif und aufrecht neben ihr daherschritt, offensichtlich bemüht, sich ja nichts anmerken zu lassen. Und zu meinem Erstaunen begann auch er in einem völlig ungewohnten Hochdeutsch einen Dialog mit ihr. Er gab, glaube ich, einige Kommentare über die letzten Latein- und Griechischstunden ab. Wir verabschiedeten uns schließlich an der Kriegersiedlung von der lächelnden Lehrerin. Den Rest des Weges redete der Helmut wieder urbairisch.

Außer dem Huber-Wambo zählte bei uns auch der Stork-Adi zu den Rundlicheren. Zu ihm hatte die »Keimin« vor dem Ausflug etwas zynisch gesagt: »Willst du auch mitrollen?« Aber genau diese beiden packte am Ende der vierten Klasse der sportliche Ehrgeiz. Der Franz begann Langlauf zu trainieren, und der Adi ging in den MTV zum Turnen. Beide verloren so in den nächsten Jahren ihre überflüssigen Pfunde und wurden recht beachtliche Sportler.

Bei mir kam, was Sport anbelangt, auch ein entscheidender Einschnitt. Irgendwann hat mich unser Arzt Dr. Steffens untersucht, und ich habe ihn gefragt, wie das jetzt mit meinem Leistenbruch sei. Er tastete mich sorgfältig ab und bestätigte mir, dass alles in bester Ordnung sei. »Du kannst jetzt jeden Sport mitmachen, deine Leisten sind absolut stabil«, gab er mir mit auf den Weg.

Ich wusste nicht, ob ich lachen oder weinen sollte, denn ich hatte mich schon an das gelegentliche Zuschauen im Turnunterricht gewöhnt. In der nächsten Turnstunde bekundete ich dann also meinem lieben Sportlehrer Dr. Großmann, dass ich »begrenzt« – ein Hintertürchen ließ ich mir noch offen – wieder mitmachen könne. Als es dann an die Übungen für die Bundesjugendspiele ging, trat ich an.

In unserem kleinen Schulhof fand in einer Weitsprunggrube mit Kiessand das Springen, auf der Theresienwiese der Ballweitwurf und auf dem Reitweg am Rande der Wiese der 75-Meter-Lauf statt. Ich weiß nicht mehr meine genauen »Leistungen«, aber sie waren so gotterbärmlich, dass ich nur auf eine Punktzahl um die zehn kam. Dreißig Punkte wären für die Urkunde notwendig gewesen. Da wäre es sehr nahegelegen, zu resignieren und sich auf den latent noch vorhandenen Leistenbruch hinauszureden. Ich reagierte anders und bekam zunächst eine Riesenwut auf mich. Aus dieser Haltung heraus kommt es bei mir immer wieder zu einer Trotzreaktion: »Euch zeig ich's noch.«

Das war leichter gesagt als getan. Aber ich begann nun systematisch zu trainieren. Zunächst baute ich mir im Garten mit Hilfe meines Vaters eine Grube, die wir voll Sand schaufelten. Vati half mir auch beim Anbringen von zwei Stangen. Mit ein paar Nägeln und einer darübergehängten Schnur diente dieses Konstrukt nun für mein Hochsprungtraining. Eines Tages brachte mein Vater mir von einem seiner Freunde, dem Schrotthändler Reigl, auch noch eine alte Eisenkugel mit. Die war zwar eigentlich ein Exemplar für den Erwachsenensport, aber ich machte mit ihr trotzdem meine ersten Kugelstoßübungen. Laufen trainierte ich immer am wenig begangenen Weg entlang der Altersheimmauer.

Da ich so auf eigene Faust fast heimlich trainierte und noch nichts von Aufwärmen und Lockerungsübungen wusste, habe ich sicher viele Fehler gemacht, falsche Bewegungsabläufe eingelernt und vor allem meine Gelenke oft über Gebühr belastet. Einige Schäden, die sich später bemerkbar machten, resultieren vielleicht aus dieser Zeit. Für mich aber war es zunächst das Wichtigste, wenigstens den Anschluss an die Klasse zu finden. Das Schöne an diesen Übungen war, dass man den, wenn auch kleinen, Fortschritt ganz deutlich sah. Jeder Zentimeter mehr beim Springen oder Kugelstoßen bereitete mir eine riesige Freude. Mein Vater registrierte meinen Eifer mit großem Wohlwollen. Schließlich war er selber ein alter Sportler, der immer – auch wenn er es sich fast nicht ankennen ließ – ein wenig traurig gewesen war, dass ich nicht in seine Turner-Fußstapfen trat.

Das Schuljahr neigte sich langsam dem Ende zu. Unsere Klassenmannschaft war dank der Repetenten stark wie noch nie. Um den Torwartposten riss sich aber keiner. So durfte ich, obwohl ich noch immer der Kleinste war, an einer ganzen Serie von Siegen teilnehmen. Am Ende gab es aber, nicht zuletzt wegen Griechisch, eine neue Götterdämmerung in unserer Klasse. Fast alle Wiederholer blieben erneut auf der Strecke, und so gingen wir beim Fußball sehr geschwächt in die neue Saison.

Meine »Stunde der Wahrheit« als Torwart

In der fünften Klasse gab es wieder einen neuen Klassleiter, der aus der Klenze-Oberrealschule kam, aber Altphilologe war. Er hieß Gehr und betreute uns in Griechisch, Latein und Deutsch. Uns erschien er uralt. Tatsächlich muss er wohl etwa 63 Jahre gewesen sein, weil er im übernächsten Jahr in Pension ging. Bald hatte unsere Klasse, die ja bisher doch recht straff geführt worden war, einige Schwachpunkte bei ihm entdeckt. Und wie das halt so ist, ließen die meisten nun doch die Zügel etwas schleifen. In dieser Zeit fingen wir auch an, immer wieder, allerdings recht harmlose, Streiche auszuhecken. Ich erinnere mich zum Beispiel noch, dass wir unseren Kleinsten, den Eberhard, in einen Papierkorb setzten und ihn auf den Schrank hievten. Unser Lehrer reagierte alles andere als böse und bat nur, den Buben wieder herunterzuholen.

Der Gehr war eine Seele von einem Menschen. Man konnte sogar mit ihm um Noten handeln. Ich weiß noch, wie er mir zwei- oder dreimal, als ich zu ihm kam, aus einem Dreier einen Zweier machte. Er war auch ein sehr religiöser Mann und akzeptierte es, dass diejenigen, die ihm sagten, sie wollten zur Maiandacht, eine Viertelstunde früher gingen. Zu unserer Ehrenrettung muss ich sagen, dass wir dann auch tatsächlich hingegangen sind.

Der »Jimmy« – das war sein Spitzname bei uns – ließ, glaube ich, keinen durchfallen. Im nächsten Jahr übernahm er die Klasse unter uns, die ihm wesentlich mehr zugesetzt haben muss. Denn dort rühmte man sich, man habe ihm ein Abführmittel in seine geliebte Pausenmilch geschmuggelt. Ich erfuhr später bestürzt, dass Gehr ein paar Wochen nach seiner Pensionierung verstorben ist.

In der 5. Klasse stand ich zum letzten – oder wenigstens fast letzten – Mal in einem Fußballtor. Unser Gymnasium beteiligte sich an einem Fußballturnier der Unter- und Oberstufen höherer Schulen. Weil sich kein anderer fand, musste ich das Tor hüten. Das war ja auf der Wiese mit den imaginären Toren immer recht gut gegangen. Dort konnte man, wie gesagt, argumentieren: »Der war für mich zu hoch.« Nun musste ich aber in einem genormten Tor von entsprechender Höhe und Länge am MTV-Platz antreten.

Das Spiel wurde für mich zur Katastrophe. So sehr ich mich auch bemühte, ich war einfach viel zu klein. Da halfen auch ein paar waghalsige Paraden nichts, vergebens warf ich mich den Angreifern schneidig entgegen. Mit Wut und Resignation musste ich den vier Schüssen nachschauen, die links und rechts über mir einschlugen. An diesem Tag beschloss ich, meine Karriere als Torwart zu beenden. Tatsächlich habe ich mich später nur in ganz seltenen Notfällen nochmals in den Kasten gestellt. Der Sepp Maier, glaube ich, hat einmal gesagt, dass Torhüter und Linksaußen in der Regel nicht ganz normal sind. Ich habe vom Torwart auf Linksaußen umgelernt.

Damals habe ich als Linksfüßler eigentlich recht viele Tore erzielt. Das lag wohl teilweise daran, dass ich mangels Technik, die ich eben als Torwart nicht so trainiert hatte, einfach draufhaute und nicht lange reflektierte. In meiner Klasse wurde aber meine neue Ausrichtung nicht zur Kenntnis genommen, und ich galt bei den meisten immer noch als Torwart.

Pauken unterm »Zamperl«

Die allzu lockere Führung durch »Jimmy« sollte sich in der 6. Klasse bitter rächen, denn da bekamen wir den an der ganzen Schule am meisten gefürchteten Lehrer. Der »Zamperl«, wie er von allen genannt wurde, war als so eine Art Hürde für alle höheren Reifen eingebaut. Ihm kam offensichtlich die Aufgabe des letzten »Ausmistens« zu.

Als ich die Hiobsbotschaft bekam, fragte ich meinen früheren Klassleiter Bayerle nach dem »Neuen«. Bayerle wohnte nämlich in unserer Nähe, und so begegnete ich ihm öfter. Er lächelte und meinte: »Ja, mein Gott. Er ist schon streng, aber privat ist er sehr nett!«

Und dann erzählte er mir, dass der Zamperl vier Kinder habe und einen großen Garten, in dem er auch eine Schildkröte als Haustier halte. Diese habe er, weil sie ihm schon ein paar Mal davongelaufen sei, mit irgendeinem Trick an eine Leine angebunden. Da ich zu dieser Zeit selbst eine Schildkröte namens Emma besaß, die ebenfalls schon einige Ausreißversuche unternommen hatte, entdeckte ich wenigstens etwas Verbindendes. Wenn ich später einmal nicht gut auf den Zamperl zu sprechen war, dachte ich komischerweise immer an seine angehängte Schildkröte. Ja, und das kam, ehrlich gesagt, recht häufig vor.

Der Zamperl startete, noch kaum, dass er uns begrüßt hatte, mit einer Ex nach der anderen. Alle fielen sie katastrophal aus, und er kündigte uns für Latein und Griechisch ein Notstandsprogramm an. Dazu gehörte in erster Linie die Wortkunde. Das Abfragen wurde jeden Tag zu einer Zeremonie. Nach kurzer Zeit hielt er die erste Schulaufgabe in beiden Fächern. Das Ergebnis war niederschmetternd. Die beste Note war eine Drei. Ich hatte immerhin noch einen der wenigen Vierer ergattert. Ansonsten hagelte es Fünfer und Sechser. Die Abfragesitten wurden rauer und rauer. Ohne dass mich der Zamperl besonders auf dem Kieker gehabt hätte – er war, vielleicht ausgenommen zu unserem Primus, dem Klaus, zu allen gleich hart –, hatte ich einfach Angst vor ihm.

Da in der damaligen Zeit die Pubertät noch viel später eintrat, war ich gerade so halbwegs hineingekommen und vielleicht in manchem unsicherer geworden. Irgendjemand hat mir damals gesagt, dass der Zustand sich am besten mit dem Dichterwort ausdrücken ließe: »Himmelhoch jauchzend, zu Tode betrübt«. Jedenfalls war die Pädagogik unseres neuen Klassleiters für mich dabei nicht die beste Therapie. Ich bekam jedes Mal, wenn er das Klasszimmer betrat, feuchte Hände. Das Schlimmste war für mich das Lesen der lateinischen und griechischen Dichter, denn nun standen Vergil, Horaz und Homer auf dem Lehrplan. Ich bilde mir ein, durchaus ein rhythmisches Empfinden zu haben, aber der strenge Blick und das Kopfschütteln beim geringsten Fehler brachten mich stets durcheinander. Besonders schrecklich war es natürlich, wenn ein paar zu kichern begannen. Vielleicht war das aber nur ein nervöses Kichern, weil man froh war, dieses Mal nicht dran zu sein. Sogar bei der Deutschlektüre hatte ich, sobald ich vorlesen musste, plötzlich größere Probleme. Wenn ich mir vorstelle, wie viel und wie oft ich heute vortragen und vorlesen muss …

Meine Leistungen auch in den anderen Fächern wurden fast alle um ein Grad schlechter. Da war ich froh, dass wir einen ganz lieben Mathematiklehrer hatten, den Erich Graßl, der mir trotz meiner Schwäche gerade in der Geometrie stets gut zuredete. Nach wie vor war der Religionslehrer Schneller ein echter Hort für mich, ebenso der Turnlehrer Dr. Großmann, der mit Freude meine Bemühungen im Sport zu Kenntnis nahm. Ihn hatten wir auch in Geographie. Jedenfalls auf dem Papier – denn in diesem Fach wurden wir meist von Studienreferendaren unterrichtet. Mir ist in Erinnerung geblieben, dass wir über längere Zeit einen jungen Mann hatten, der Russland durchnahm. Deshalb nannten wir ihn nach einer russischen Stadt den »Tscheljabinsk«.

Der Unterricht beschränkte sich in erster Linie auf die Kenntnis vieler Städte, Flüsse, Seen und Gebirge. Als es an die Schulaufgabe ging, schwirrte uns der Kopf von all den -insks und -rowsks. Mein Nachbar Schwegler bedeutete mir, dass er nicht im Traum daran dächte, den ganzen Schmarrn, den man doch gleich wieder vergessen habe, zu lernen. Er habe etwas ganz Neues entdeckt, das ihm sogar das aufwändige Schreiben eines Spickzettels ersparen könne. Am Tag der Schulaufgabe zeigte er mir stolz sein Geheimnis. Es war eine Scheibe, die es für alle Länder gab. Er hatte sich natürlich die von Russland gekauft. Man musste sie nur entsprechend drehen, dann sah man die ganze Liste der Städte oder Flüsse oder Bodenerzeugnisse und vieles mehr. Diese Scheibe befestigte er mit einem Reißnagel unter der Platte unseres Pultes. Er probierte das Verfahren schon während der ersten Stunde, ich glaube, es war Englisch. In der zweiten Stunde teilte der Tscheljabinsk die Schulaufgabenblätter aus und schrieb die Fragen an die Tafel. Auf Helmuts Gesicht leuchtete ein siegesgewisses Lächeln. Da ich nie eine Größe im Spicken war, zumindest was die Nutzung von vorbereiteten Spickern betraf, schaute ich nur ein paarmal verstohlen unter die Bank, von wo mein Nachbar seine Kenntnisse holte. Er schrieb und schrieb und war, während die anderen und ich noch herumüberlegten, schon fertig. Der Helmut war ein wirklich sozial eingestellter und hilfsbereiter Mensch und schob mir seine bestens ausgefüllten Seiten so hin, dass ich sie lesen konnte, ohne auch nur den Kopf bewegen zu müssen. Unsere Hinterleute lugten nun sichtlich erleichtert ebenfalls in Helmuts Schulaufgabe und ergänzten und korrigierten nach Belieben. »Langsam ans Abgeben denken«, rief der Tscheljabinsk. Einige, die nicht das Glück hatten, den Helmut als Zulieferer zu haben, begannen zu jammern. Aber es half nichts, der Referendar schritt durch die Reihen und zog einfach die Blätter weg. Der Helmut sprang auf, als er sein Blatt abgegeben hatte. Und da passierte es: Er blieb mit einem Knopf an der Drehscheibe hängen, der Reißnagel löste sich, und das Spickobjekt fiel ausgerechnet vor die Füße des Tscheljabinsk. Er bückte sich und erkannte natürlich sofort, was das war. Der arme Helmut bekam einen Sechser und einen Verweis wegen Spickens. So war meine Freude über den Geographie-Einser, den ich nach einigen Tagen bekam, etwas getrübt.

An Helmuts sozialer Einstellung hat das Ereignis nichts geändert. Er sagte, wo es ging, Hilfsbedürftigen weiterhin fleißig ein. Nur einmal rief er aus Jux dem

Wambo beim Wortkunde-Abfragen etwas Falsches zu. Es war nach dem lateinischen Wort für »Nachtrab«, also Nachhut, gefragt. Das hätte »agmen novissimum« geheißen. Aber der Helmut sagte »corvus nocturnus«, das ist übersetzt der »Nacht-Rab«. Der Wambo sagte es prompt nach und bekam vom Zamperl eine Verwarnung wegen Fehlens des gebührenden Ernstes.

Mit dem Helmut konnte man Pferde stehlen, er war für jeden Blödsinn zu haben und ließ Streiche Wirklichkeit werden, die ich lediglich mit einem »Da könnte man …« angedeutet hatte, mir aber nie auszuführen getraut hätte. Erwischt wurde er nur selten. Und wenn, war es ihm gleich, denn er war, wie schon angedeutet, ein ausgezeichneter, höchst begabter Schüler. Er überstand das Zamperl-Jahr wohl mit der größten heiteren Gelassenheit von uns allen.

Durch die Paukmethoden unseres Klassleiters steigerten wir uns im Lauf des Jahres erheblich, eine Reihe von Mitschülern blieb freilich wieder auf der Strecke, und am Ende war die Zahl der Schüler, die von Anfang an dabei waren, ganz schön zusammengeschmolzen.

Meine literarischen Neigungen erwachen

Wenn ich darüber nachdenke, ist mir von der 7. Klasse, die nun folgte, am allerwenigsten in Erinnerung geblieben. Wir bekamen einen neuen Griechischlehrer und in Englisch und Latein einen sehr liebenswerten Professor namens Käß. Er war ein ganz anderer Lehrertyp als der Zamperl und versuchte uns von Anfang an von der Schönheit der lateinischen Sprache und dem literarisch-philosophischen Wert der Dichter, allen voran Vergil, zu überzeugen. Obwohl er auch das Lernen nicht vernachlässigte, ging es ihm in erster Linie um etwas anderes. Er ermutigte uns, von einer zu wörtlichen Übersetzung wegzugehen und uns gut und sinngemäß auszudrücken. Wem das gelang, der konnte sogar damit rechnen, dass er über den einen oder anderen Wissensfehler hinwegsah.

Leider haben wohl die wenigsten von uns diesen großartigen Mann recht verstanden. Nach der Paukerei des letzten Jahres hatten wir damals wohl noch nicht das richtige Gespür. Ich gebe etwas beschämt zu, dass auch mir manches, was Käß uns vermitteln wollte, ein wenig »gspinnert« erschien. Trotzdem hatten wir einen großen Respekt vor ihm. Später erfuhr ich, dass er auch ein anerkannter Fachmann auf dem Gebiet des Schulspiels und ein glänzender Musiker war.

Wie gesagt, Vergil war sein Lieblingsdichter. So verbrachte er mehrere Stunden über der Interpretation des Satzes »sunt lacrimae rerum«. Immer wieder las er uns dann dazu auch das Buch von Theodor Haecker »Vergil, Vater des Abendlandes« vor. Erst in meinem Studium der Klassischen Philologie habe ich erkannt, welch wunderbarer, sensibler und gescheiter Mann der Siegfried Käß war.

Sein Vertrauen in die Menschheit und Schülerschaft war sehr groß. So versuchte er uns auch eine eigene »Spickmoral« beizubringen: »Ich bitte euch«, sagte er immer wieder, »es nicht zu tun.« Dabei schaute er den Delinquenten ganz verzweifelt an. Ein paar haben sich sogar an seine moralische Verpflichtung gehalten.

Unser Griechischlehrer war ein eher blasser Typ, der, das konnten wir damals schon feststellen, meist ohne jede Vorbereitung in den Unterricht kam. Am unangenehmsten ist mir seine Herausgabe der Schulaufgaben in Erinnerung geblieben. Natürlich gab er sie in der Reihenfolge der Noten von eins bis sechs heraus, und man hatte den Eindruck, dass er es richtig auskostete, die Schlechten auf die Marterbank zu setzen. »Also, jetzt sind die Dreier vorbei. Und da hat er gerade noch einen Vierer geschafft, unser Freund …«

Vor der Herausgabe setzte er eine umfangreiche Besprechung an, in der er mit Vorliebe besonders blöde Fehler breittrat. Er hatte keine Hemmungen, dabei die Namen derer zu nennen, die diese Fehler gemacht hatten. Warum kann man die Schulaufgabe nicht einfach dem Schüler in die Hand drücken? Oder sie zumindest, wie das manche auch taten, in alphabetischer Reihenfolge herausgeben? Apropos alphabetische Reihenfolge. Ich war bis dato mit dem Buchstaben Z immer der Letzte bei allen möglichen Gelegenheiten gewesen. Das kann, wenn es sich beispielsweise um besagte Herausgabe der Schulaufgaben handelte, ganz schön auf die Nerven gehen.

In der 7. Klasse wurde uns ein neuer Schüler vorgestellt, bei dessen Namensnennung ich einen Jubelschrei ausgestoßen habe. Der Neue hieß Hartwig Zwölfer. So konnte ich wenigstens das alphabetische Schlusslicht abgeben.

Ein anderer neuer Schüler hieß Heinz. Er wohnte auch in unserer Gegend und wurde schnell in die Gemeinschaft derer vom Waldfriedhof integriert. Obwohl er von Haus aus ein ruhiger Typ war (und geblieben ist), war er für jede Gaudi zu haben und ist bis heute einer meiner liebsten Freunde. Ich habe ihm später eine frühere Freundin von mir vermittelt, mit der Auflage, dass er mir eine Kuppelgebühr von 100 Mark zahlen müsse. Die Ehe kam zustande, aus ihr entsprossen vier Kinder. Bei einem der Buben bin ich Firmpate. Aber die Kuppelgebühren stehen bis heute aus!

Zu den Neuen gehörte auch ein gewisser Erich Fuchs. Als er das Klasszimmer betrat, meinten wir, er wäre ein neuer Lehrer oder wenigstens Referendar, denn er sah bedeutend älter und gesetzter aus, als er war. Tatsächlich ist einmal einer unserer neuen Referendare, der zur Tür hereinkam und sah, dass der Erich in der Nähe des Pultes herumstand, wieder hinausgegangen, in der Meinung, wir seien schon »versorgt«.

Der Erich war ein sehr liebenswerter Schüler, der eine unglaubliche Fertigkeit im Spicken entwickelt hatte und diese zusehends verbesserte. Er machte uns als Erster mit dem Begriff »Schwarte« vertraut – jenen kleinen Übersetzungsheftchen, die man so bequem unter der Bank verstecken kann und die er wo auch immer herbekam. Seine Umgebung, vor allem mein Freund Heinz, profitierte voll von seinen Spickfähigkeiten, denn er war ebenso wie der Schwegler-Helmut äußerst kameradschaftlich. Vom »Fuchse« und seinen Spickzetteln wird später noch die Rede sein.

In dieser Klasse hatten wir auch einen sehr netten, noch recht jungen Deutschlehrer, den Konrad Schmidtlein. Unter ihm entdeckte ich meine literarischen Neigungen. Eine Rolle mag auch mein pubertärer Zustand mit den bekannten Höhen und Tiefen gespielt haben, der Weltschmerz, der mich in dieser Zeit manchmal überkam. Manche der Gedichte, die wir damals durchnahmen, rührten meine Sensibilität für unsere Vergänglichkeit an. So das bekannte Gedicht von Matthias Claudius: »Empfangen und genähret vom Weibe wunderbar kömmt er und sieht und höret und nimmt des Trugs nicht wahr.«

Dazu kam, dass wir nun, wie es damals hieß, »Stimmungsschilderungen« schreiben mussten. Ich suchte mir mit Vorliebe Themen aus, bei denen ich das Vergehen in der Natur ausmalen konnte. So kam es, dass da der »Herbst im Park«, ein »grauer Novembertag«, aber auch »Abenddämmerung« eine besondere Rolle spielte.

Natürlich begann ich auch Lyrik zu lesen. Rilkes »Die Blätter fallen wie von weit« oder »Herr: es ist Zeit« beeindruckten mich und regten mich an. Wenn ich meine Aufsätze schrieb, begab ich mich oft stundenlang an die passenden Orte oder verdunkelte mein Zimmer, um mich in die richtige Stimmung zu versetzen. Die Schwermut und die Romantik hatten mich zeitweilig schwer im Griff. Ich erinnere mich, dass ich einmal am Faschingsdienstag ein paar Stunden lang am Waldfriedhof spazieren gegangen bin.

Damals begann ich auch meine ersten Gedichte zu schreiben. Angeregt durch Matthias Claudius, dichtete ich, was ich erst vor kurzer Zeit irgendwo wiederentdeckte:

Zwei Augen erblicken das Licht.
Noch fassen die Sinne es nicht.
Liebende Hände dich pflegen,
so wächst du dem Leben entgegen.
Verlässt dann schon der Kindheit Haus
und trittst ins Leben so hinaus.
Sorge, Lust, Leid, Liebe
reißen dich mit ins Getriebe.
Du findest manchmal Geborgenheit
und ruhst kurz aus von Hast und Streit.

Doch kaum hast du dich versehen,
fühlst du schon die Jahre vergehen.
Leis rückt die Zeit des Alters heran –
ein Rasten noch vor dem letzten Gang.
Bald wieder das Dunkel dich leitet.
Wie schnell waren die Augen ermüdet.

Aber wie das eben mit diesem »Himmelhoch jauchzend, zu Tode betrübt« ist, kam damals bei mir auch eine gewisse Neigung zur Satire auf. Ich begann Spottverse über alle möglichen Leute und Zeiterscheinungen zu dichten und parodierte die Schlager, die seinerzeit in Mode waren. Mir ist im Gedächtnis geblieben, dass ich die Hits von Vico Torriani mit neuen, nicht ganz ernst zu nehmenden Texten versah.

Im Gegensatz zu vielen meiner Altersgenossen bin ich nie Fan von irgendeinem Schlager- oder Filmstar gewesen. Im Gegenteil, die damals aufkommenden Fanclubs animierten mich dazu, den ganzen damit verbundenen Kult auf die Schippe zu nehmen. Nicht einmal dem späteren allgemeinen Elvis-Presley-Fieber bin ich auch nur eine Sekunde verfallen. Und als Peter Kraus sich als deutscher Rock-'n'-Roll-König etablierte, verehrte ich ihm zusammen mit ein paar Freunden als »große Anhänger« das Gedicht: »Oh wie wohl ist mir am Abend, wenn erquickend schön und labend Peter Kraus zur Zither singt.«

Es spricht für den Humor von Peter Kraus, dass er uns eine sehr lustige Karte mit Autogramm zurückschickte. Viele Jahre später durfte ich den Sänger übrigens durch seinen liebenswerten Vater Fred Kraus näher kennenlernen.

Meine doppelte Neigung zur schwermütigen Lyrik

und zur Satire ist bei mir bis heute sehr ausgeprägt, wie alle wissen, die meine Werke kennen. Amüsant finde ich dabei, wenn gewisse »Literatursachverständige« mich als »naiven Heimatdichter« einordnen wollen. Vielleicht gibt es ja Leute, die Zeilen wie die nachstehenden ernst nehmen:

Du mein Gebirg, mein Loisachtal,
ihr Gletscherspalten breit und schmal!
I' gaang so gern auf d' Kampenwand,
wann i' mit meiner Wampn kaannt.

Vielleicht sind da aber auch Kritiker am Werk, nach deren Meinung sich Denken nur in einem bedingungslosen Dagegen-Sein äußern kann und denen unbekannt ist, dass man mit typisch bayerischen »Hinreiben« oft mehr bewirken kann als mit Sarkasmus.

Dem Konrad Schmidtlein verdanke ich jedenfalls eine ganze Reihe von Impulsen und Ermutigungen im Literarischen, die mir für später viel geholfen haben.

Revolution im Deutschunterricht

In der vorletzten Klasse des Gymnasiums bekamen wir Käß nochmals in Latein und jetzt auch in Griechisch. Aber es kam ein ganz neuer Deutschlehrer. Das war ein merkwürdiger Mensch. Auf der einen Seite war er sehr gebildet und brachte immer wieder philosophische Gedanken in seinen Unterricht ein. Auf der anderen Seite muss er irgendwie einen Komplex gehabt haben. Er hatte, das äußerte er selbst ein paarmal, Theologie studiert. Ich weiß aber nicht, ob er auch tatsächlich eine Zeit lang als Priester gewirkt hatte. Jedenfalls machte er, für unsere brave katholische Klasse äußerst ungewohnt, öfter etwas ketzerische Bemerkungen. Ein paar Mal meinte er dazu, wir sollten das aber nicht unserem Religionslehrer sagen. Ja, so streng waren damals die Sitten!

Ich hatte durch den Religionsunterricht, in dem unser lieber Pfarrer Schneller auch Philosophen und philosophische Strömungen besprach, ein großes Interesse an der Philosophie entwickelt. Besonders hatte es mir die sogenannte Existenzphilosophie angetan. Damals wurde ich mit den Namen Karl Jaspers, Martin Heidegger, Jean-Paul Sartre und Gabriel Marcel bekannt. So imponierte es mir außerordentlich, dass unser Deutschlehrer im Zusammenhang mit der Literatur immer wieder auf philosophische Fragen einging. Er tat dies aber sehr autoritär und gestattete nicht den geringsten Widerspruch. Mir ist eine Szene unvergessen geblieben. Der Lehrer hatte uns ein anspruchsvolles Aufsatzthema gegeben: Es ging um einen Satz aus dem Drama »Antigone« des Sophokles. Da sagt der Dichter, nichts sei »deinoteron« – so das griechische Wort – als der Mensch. Dieses »deinoteron« ist nun, wie mir in meinem späteren Griechischstudium erst voll bewusst wurde, ein äußerst vielseitiger Begriff. Unser Lehrer stellte aber nicht das griechische Zitat als Aufgabe, sondern seine Übersetzung. Und dort übersetzte er das fragliche Wort mit »schrecklich«.

Wir alle bemühten uns brav, diesem Thema entsprechend Beispiele für die Schrecklichkeit des Menschen zu geben. Als es an die Besprechung ging, rief der Professor meinen Klassenkameraden Alexander auf. Der

Alex gehörte auch zur Waldfriedhof-Clique. Er war lang und mager und hatte seit Anbeginn den Spitznamen Würstl. In meiner Pfarrei St. Heinrich engagierte er sich in der Katholischen Jugend. Ansonsten bemühte er sich um die Pflege eines ganz besonderen Images: Er stellte sich stets als das »große Faultier« dar. Nichts schien ihm so verhasst wie Strebertum. In der Schule war er aber durchaus nicht schlecht, und das wollte er so erklärt wissen, dass ihm alles nur so zuflog, er also eine Art Genie war. Erst später habe ich erfahren, dass er, was ja nichts Schlimmes ist, viel und fleißig gelernt hat. Warum Fleiß in unserer Klasse allgemein suspekt war, weiß ich bis heute nicht. Jedenfalls galt es auch bei anderen geradezu als Ehrensache, zu sagen, man habe nichts gelernt.

Unser Deutschlehrer rief also nun den Alex an die Tafel. Dort hatte er schon das Thema des Aufsatzes hingeschrieben und erwartete nun, dass der Alex seinen Gliederungsvorschlag darunterschrieb. Aber was tat der? Er nahm die Kreide in die Hand und strich als Erstes die Überschrift durch. Der Lehrer verfolgte das kopfschüttelnd. Dann schrieb der Alex darunter: »Es müsste heißen: Nichts ist gewaltiger als der Mensch.«

Die Klasse und auch unser Professor erstarrten zunächst in Schweigen.

Nun begann unser Klassenkamerad seine zu diesem Thema passende Gliederung an die Tafel zu schreiben. Wir warteten gespannt, was der Deutschlehrer dazu sagen würde. Dessen Kopf hatte eine auffallend rote Farbe angenommen.

Es spricht leider nicht für ihn, dass er »Unverschämtheit!« brüllte und dem Alex nicht nur einen Sechser eintrug, sondern ihn sogar mit einem Verweis belegte. Dabei hatte mein Klassenkamerad gar nicht so Unrecht. Möglicherweise hatte er auch in seinem Griechischlexikon nachgeschaut. In jedem Fall trifft »gewaltiger« den Sinn von »deinoteron« besser als »schrecklicher«. Ich habe später immer wieder über diese Stelle nachgedacht und bin zu der Überzeugung gelangt, dass die beste Übersetzung wohl »fähiger« ist.

Viel Denkspielraum wurde uns also damals nicht gelassen, wie man sieht. Aber ist das heute besser? Ich würde sagen, ganz im Gegenteil schlimmer, wenn ich mir vorstelle, dass man am liebsten schon im Kindergarten nur noch das Multiple-Choice-Verfahren einsetzen würde: »Es gibt drei Antworten. Nur eine davon ist richtig. Kreuze sie an.«

Der Alex ist im Übrigen ein kleiner Sonderling geworden. Er leistete sich voll bewusst im Deutschabitur einen Fünfer, studierte dann aber Germanistik und soll in diesem Fach promoviert und als Dozent gearbeitet haben. Bei einem Klassentreffen vor Jahren las unser Klassensprecher einen Brief von ihm vor. Er war die Antwort des Alex auf die Einladung und hatte etwa den folgenden Inhalt: Er werde nicht kommen, weil er uns neun Jahre lang habe ertragen müssen und die Schnauze voll habe. Ich hab den Alex, neben dem ich eine Zeit lang saß, immer gern gemocht und war darüber sehr traurig.

In der achten Klasse ist dann auch eine lustige Spickgeschichte passiert. Unser Geographielehrer Dr. Großmann überraschte uns mit einer Extemporale. Es traf uns fast alle eiskalt. Sogar der der Fuchs-Erich hatte diesmal keinen Spickzettel vorbereitet. Vor ihm saß aber der Beste in diesem Fach, der Klaus. Der Erich verließ sich in seiner Not offenbar blind auf diese Quelle und schrieb, vielleicht nicht zuletzt im Vertrauen auf die Nachsicht unseres liebenswerten Herrn Dr. Großmann, bedingungslos ab. Bei der Herausgabe der Ex, die miserabel ausfiel, gab es nur zwei gute Noten: die vom Klaus und die vom Erich. »Sei ehrlich, Erich«, – der Großmann duzte uns erfreulicherweise bis zum Abitur – »du hast doch alles von deinem Vordermann abgeschrieben?«

Fuchs mimte den Entrüsteten. »Nein, wie kommen Sie denn darauf? Wir waren eben beide exzellent vorbereitet. Wissen Sie«, sagte er zur Erheiterung von uns allen, »der Klaus und ich haben uns wegen der Wichtigkeit des Faches Geographie zu einer Lerngemeinschaft zusammengetan. Da bereiten wir uns immer gründlich vor, wie auch dieses Mal. So ist es kein Wunder, dass vielleicht einmal bei der Darstellung gewisse Parallelitäten auftreten können.«

Großmann schüttelte lächelnd den Kopf: »Nein, Erich, du hast abgeschrieben, ich weiß es ganz sicher.«

»Also, wie kommen Sie denn darauf? Haben Sie bei der Ex etwas gesehen?«, wollte der wissen.

»Brauch ich nicht, ich weiß es auch so.« Robert Großmann hielt ihm die Arbeit vor die Nase. »Da schau einmal. Die ersten fünf Fragen hat der Klaus bestens beantwortet. Und du auch.«

»Sag ich's doch«, rief der Erich, »da sehen Sie den Erfolg unserer Teamarbeit.«

»Ja, ja, Teamarbeit …«, lachte der Großmann. »Aber jetzt schau dir einmal die sechste Frage an und lies, was der Klaus geschrieben hat.«

Fuchs las: »Das weiß ich nicht. – Stimmt«, sagte er, »die sechste Frage hat uns überrascht. Auf die waren wir beide nicht vorbereitet. So was kommt öfter vor.«

»Das habe ich gemerkt«, grinste unser Lehrer. »So, und jetzt darf der Klaus vorlesen, was du geschrieben hast.«

Der schaute auf das Blatt und bekam einen Lachanfall. »Muss ich das wirklich vorlesen?«, fragte er.

»Natürlich«, rief der Lehrer, »ich reiß dem Fuchs den Kopf schon nicht ab. Und in flagranti hab ich ihn ja nicht erwischt. Also lies schon!«

Der Klaus las Fuchsens Antwort: »Ich auch nicht!«

Die Pfarrei als zweite Heimat

Unser Häuschen wurde, soweit das möglich war, immer komfortabler. Die Tischtennis- und die Schnippplatte brachten es mit sich, dass viele Freunde ins Haus kamen. Das sahen auch meine Eltern gern.

Einer von ihnen war der Gerhard. Er war in der Pfarrjugend von St. Heinrich. Wie ich war er nicht zum »Bund Neudeutschland«, kurz ND, gegangen. Zu dieser katholischen Schülerorganisation, die den Gymnasiasten vorbehalten war, gehörten meine Klassenkameraden Heini, Helmut und Alex. Es gab da aber eine Aufnahmeprüfung, und die wollte ich mir nicht antun.

Ob Pfarrjugend oder ND, viel von unserer Freizeit spielte sich in der Pfarrei ab. Die Kirche St. Heinrich in der Scharnitzstraße war inzwischen wieder aufgebaut, und gemeinsam arbeiteten wir alle am Jugendheim. Wegen meines handwerklichen Ungeschicks war ich nur für niedere Arbeiten zuständig, schaufelte Sand und fuhr den Schubkarren. Endlich war ein kleiner, lang gezogener ebenerdiger Bau fertig. Darin befanden sich ein Gruppenraum und ein Platz für eine Tischtennisplatte.

In St. Heinrich gab es damals zwei junge Kapläne, die unserem jetzigen Stadtpfarrer von Gleißenthal beigestellt waren. Sie hießen Walter Keller und Erwin Hausladen und waren unglaublich dynamisch und engagiert. Vor allem kümmerten sie sich in vorbildlicher Weise um die Jugend und waren dementsprechend beliebt. Jeder von ihnen fuhr einen kleinen Kabinenroller. Ich bin je einmal bei Keller und bei Hausladen mitgefahren. Die Fahrt erinnerte mich bei beiden enorm an die in der »Wilden Maus« – das war damals eines der aufregendsten Fahrgeschäfte auf der Wiesn.

Wie viele schöne Stunden habe ich in dem kleinen Jugendheim oder auf der Wiese dahinter verbracht! Wann auch immer man freie Zeit hatte, traf man dort Freunde.

Die beiden Kapläne bekamen später ganz in der Nähe eine Pfarrei. Erwin Hausladen, ein Kurskollege unseres Papstes Benedikt, wurde Pfarrer von St. Thomas Morus. Als wir später umzogen, kamen wir in seine Pfarrei. Er hat mich mit meiner Frau getraut, meine Kinder getauft und ist bis heute einer der besten Freunde der Familie Zöpfl.

Im Jugendraum begann ich wieder intensiv Tischtennis zu spielen. Wir trugen dort unsere Pfarreimeisterschaften aus. Auch der Gerhard machte eifrig mit, aber er war weder in Fußball noch Tischtennis besonders begabt. Das brachte ihm die eine oder andere höhnische Bemerkung ein, aber insgesamt war er, wie man heute so schön dazu sagt, »voll integriert«.

Irgendwann haben wir dann von ihm erfahren, dass er gerne Schach spiele. Und da war er – ich selber bin nie über die bloße Kenntnis der Figuren hinausgekommen – eine echte Koryphäe.

Abgesehen von gelegentlichen Streitereien, wie sie unter Kindern und Jugendlichen ganz üblich sind und damals immer sehr rasch wieder mit Versöhnung endeten, waren wir über viele Jahre eng befreundet. Daran sollte sich auch nichts ändern, als ich mein Abitur gemacht hatte. Ich hatte ihm – warum, weiß ich gar nicht mehr – den Spitznamen »Käptn« gegeben, der sich bald allgemein durchsetzte. Manchmal habe ich ihn wegen seiner gelegentlichen Ungeschicktheit etwas hochgenommen.

Vielleicht war meine damalige Spottlust auf den Druck zurückzuführen, den der eine oder andere Lehrer, wie Zamperl, auf mich ausübte. Aber eher war es einfach ein bayrischer Wesenszug; schließlich ist ja das traditionelle »Aussingen«, wie das zum Beispiel der Roider-Jackl meisterhaft beherrschte, auch nichts anderes.

Mein bevorzugtes »Opfer« war außer dem Käptn mein Mitschüler Christian, der seit eh und je den Spitznamen Wurmi hatte. Ich habe es dabei eigentlich nie böse gemeint und sah das Ganze als eine Art Spiel an, bei dem man gefasst sein musste, dass einem auch herausgegeben wird. Später habe ich immer wieder Leute getroffen, die das meisterlich beherrschten – etwa mein Freund Rudi Seitz. Beim Wurmi und beim Käptn war das aber weniger der Fall. Und ich habe viel zu spät kapiert, dass zu diesem Spiel eine gewisse Sensibilität gehört, vor allem, wenn andere mitmachen und der so »Derbleckte« allein dasteht.

Als ich später kurz vor Beendigung meines Studiums stand, wurde der Gerhard plötzlich krank. Er kam, wie es hieß, wegen eines Magengeschwürs in die Klinik.

Nach ein paar Wochen wurde er entlassen. Er sah furchtbar schlecht aus. Ich redete auf ihn ein, dass er jetzt wieder richtig angreifen müsse und sich ja nicht so hängen lassen dürfe.

Unser Kaplan Keller war Zeuge dieses Gesprächs. Ein paar Tage später sprach er mich nach dem Gottesdienst an: »Du, Helmut, von wegen ›hängen lassen‹. Weißt du, dass der Gerhard wieder im Krankenhaus ist? Gestern haben sie ihn operiert. Stell dir vor: Er ist total verkrebst.«

Selten hat mich eine Nachricht so erschüttert. Ich sprach mit einem bekannten Arzt aus unserer Pfarrei, dem späteren Zweiten Bürgermeister Steinkohl. Der versprach mir, sich zu erkundigen. Traurig rief er mich kurz darauf an und meinte, dass man wirklich nichts mehr machen könne und es nur noch eine Frage der Zeit sei.

Meine Freunde und ich haben den Gerhard dann im Krankenhaus noch öfter besucht. Er wusste von seinem Schicksal, war aber trotz allem unglaublich heiter und gelassen. Als ob nichts wäre, sprach er davon, wie das jetzt mit der Qualifikation für die Bundesliga sei und ob sein geliebter FC Bayern da wohl reinkäme. Ich hatte im Sommer einen kurzen Urlaub geplant und wollte eigentlich dableiben. Der Gerhard aber redete mir zu, ich solle doch fahren, er würde schon noch so lange durchhalten, bis ich wiederkäme. Zwei Tage vor Beendigung des Urlaubs riefen meine Eltern an, dass der Gerhard sanft entschlafen wäre. Ich kam gerade noch recht zu seiner Beerdigung und habe geheult wie ein Schlosshund. Seine Eltern überreichten mir am Grab ein Kreuz meines Freundes, das er für mich bestimmt habe.

Der Gerhard ist für mich ein Vorbild für gläubige Gelassenheit geblieben. Ich kann nur hoffen, dass ich, wenn es einmal so weit ist, ein wenig von ihm gelernt habe. Immer wieder träume ich davon, dass er mich besucht und dass wir nochmals gemeinsam den Weg ins Grünwalder Stadion gehen, wo wir so oft mit dem FC Bayern mitgezittert haben. Der Gerhard, der ein wenig älter war als ich, starb mit 25 Jahren. Ich habe ihm dann, als ich so alt war, meine gerade erstellte Doktorarbeit gewidmet, die sich mit dem Thema Tod beschäftigt. Nochmals Vergelt's Gott, lieber Käptn, du hast mich in meinem späteren Denken stärker beeinflusst als mancher noch so gute Lehrer.

Meine romantische Ader

Noch bin ich aber in der achten Klasse. Vielleicht war ich damals auf dem Höhepunkt der Pubertät. Es traf sich auf jeden Fall gut, dass unser lieber Religionslehrer Schneller uns zu ein paar Exerzitientagen in St. Ottilien während der Osterferien ermunterte. Der Schwegler-Helmut, der Alex, der Heini und ich fuhren also mit dem Radl zu dem nahe gelegenen Kloster. Man hatte uns gesagt, dass wir diese paar Tage schweigen und Vorträge anhören müssten – und dass wir meditieren sollten. Dieses Wort habe ich damals das erste Mal gehört. Dafür, so hieß es, gebe es die gesunde und gute Klosterkost zu essen.

Wir waren alle hungrig, als wir ankamen. Nachdem ich die winzige Zelle der Unterkunft angeschaut hatte, freute ich mich auf das Essen. Im Speisesaal stand eine riesige Schüssel, und ich schöpfte daraus gierig in meinen Teller, obwohl das Ganze etwas merkwürdig aussah.

»Was ist denn das eigentlich?«, fragte ich einen Pater am Tisch.

»Das ist eine Spezialität unserer Küche«, meinte der, »das sind Kuttelflecke.«

Mich schüttelte es, denn obwohl ich alles andere als heikel bin, kann man mich bis heute mit Eingeweiden wie Leber, Züngerl oder Herz jagen. Und jetzt sogar Kuttelflecke, die, wie ich wusste, aus dem Zwerchfell geschnipselt sind!

Ich wollte mir aber nichts anmerken lassen, zumal der Pater auf die »Spezialität des Hauses« offenbar so stolz war. Wie bekam ich also meinen Teller leer, ohne einen Bissen zu essen? Ich verfiel schließlich auf die Lösung, jedes Mal, wenn er nicht hersah, bald meinem linken, bald meinem rechten Nachbarn etwas in den Teller zu löffeln.

Während dieser Exerzitien bekam ich – man stelle sich das heute vor – meine erste richtige Aufklärung. Der Pater, der uns betreute, verwies uns auf ein Heftchen von einem gewissen Pater Pereira, das ein paar Pfennige kostete. Ich war nicht der Einzige, der noch so unbeleckt war. Auch meine Freunde, glaube ich, sind von Pereira das erste Mal aufgeklärt worden. Das Ganze blieb aber noch für einige Zeit Theorie, weil das Thema Mädchen für die meisten allenfalls am Rand existierte.

In dieser Zeit las ich den gerade erschienenen Roman von Sigi Sommer: »Und keiner weint mir nach«. Er war in Fortsetzungen in der Süddeutschen Zeitung abgedruckt. Sigi Sommer war der Lieblingsjournalist meines Vaters. Der kaufte jeden Freitag die AZ, nur weil hier immer Sommers Kolumne »Blasius geht durch die Stadt« abgedruckt war. »Auf den Roman bin ich gespannt«, hatte mein Vater gesagt, als er die ersten Ankündigungen las.

Die traurige Geschichte des Leonhard Knie bewegte mich tief. Als ich erfuhr, dass er sich in seiner Ausweglosigkeit umbrachte, habe ich bitterlich geweint. Am darauf folgenden Tag bin ich nach Giesing gefahren und habe das Mietshaus in der Mondstraße gesucht. Die Mondstraße fand ich, die Hausnummer des Mietsblockes nicht. Aber was hatte ich mir davon auch versprochen?

Einige Jahre später lernte ich den großartigen Münchner Schriftsteller, den ich in die allererste Garde der bayerischen Literaten einreihe, persönlich kennen. Er gestattete mir sogar, Mitglied seines Stammtisches zu werden, was in München eines der größten Privilegien war. Der Sommer-Sigi war es dann auch, der mein erstes bayerisches Gedicht zur Veröffentlichung empfahl.

An irgendeinem Abend waren einmal alle anderen schon gegangen, und nur noch wir zwei saßen am Stammtisch im Augustiner. Damals habe ich ihm gestanden, ich hätte, wie sich der Leonhard umbrachte, furchtbar geweint.

Sommer schaute mich lange an: »Ja, ja, ich weiß schon, Sie sind derselbe romantische Spinner, der ich immer war. Aber jetzt sag ich Ihnen noch was, was ich bisher noch niemand verraten habe: Ich wusste ja noch gar nicht, wie mein Roman zu Ende geht. Aber an dem Tag, an dem ich mich entschlossen habe, den Leo sterben zu lassen, habe ich ein paar Stunden geheult.«

Ja, damals erwachte meine romantische Ader. Ich hatte in einer Zeit, in der sich andere von den ersten

Rock-'n'-Roll-Klängen faszinieren ließen, Puccini entdeckt. In der Schule wurden hin und wieder Opernkarten angeboten, und ich bekam eine Billigkarte für die »Bohème«. Die Arie des Rodolfo ist eines meiner Lieblingsstücke geworden. Wenn ich meine melancholische Phase habe, lege ich sie noch heute ein und singe mit.

Bald lernte ich von Schallplatten, die ich mir besorgte, auch die Arien aus »Madame Butterfly«, »Tosca« und »Turandot« auswendig. Ich kenne heute noch die Texte zum Beispiel »Wie eiskalt ist dies Händchen« oder »Mädchen, in deinen Augen liegt ein Zauber«.

Damals begann bei mir auch so etwas wie ein noch nicht unbedingt personenbezogenes Schwärmen. Auch wenn ich noch keine Liebesgedichte schrieb wie einer meiner Klassenkameraden, dessen Namen ich verschweigen möchte. Die Angebetete war ein Mädchen aus der Pfarrei. Ich entdeckte durch Zufall unter seiner Bank einen Zettel mit einigen enthusiastischen Versen. Noch heute schäme ich mich, dass ich es zum Gespött des Armen, der einen knallroten Kopf bekam, einem anderen vorlas. Die Intimsphäre so zu verletzen! Dafür hatte ich offensichtlich damals kein besonderes Gespür. Ich glaube, mein Klassenkamerad hat mir das längere Zeit nachgetragen. Mit Recht!

Das Ende meiner Kindheit

In diesem Jahr entschloss sich meine Großmutter plötzlich, den Grundbesitz an ihre Kinder zu verschenken, um ihnen die Erbschaftssteuer zu ersparen. Der Onkel Berti erbte das Grundstück in der Volkartstraße und tauschte es klugerweise gegen ein Haus in der Bothmerstraße ein, wo er noch heute wohnt. Die Tante Käthi und der Onkel Hans erbten je zur Hälfte den vorderen Teil vom Waldfriedhof-Grundstück, der an die damalige Forstenrieder und heutige Albert-Roßhaupter-Straße angrenzt. Meine Mutter bekam das hintere Grundstück an der Hölderlinstraße, auf dem unser Häuschen stand. Da weder der Onkel Hans noch die Tante Käthi daran dachten, auf ihrem neuen Besitz etwas zu bauen, boten sie ihn zum Verkauf an. Ich hatte immer gehofft, dass es vielleicht in die Hände von Onkel Christl käme, denn der Dollar war damals sehr viel wert. Er zeigte zunächst auch Interesse, zog sich dann aber zurück, obwohl jedes Grundstück nur lächerliche 10 000 Mark kostete. Erst als sich beide entschlossen, den Preis nochmals um 1000 Mark herabzusetzen, erwarb eines davon der Apotheker Stemmer, der dort bald mit dem Bau eines großen Hauses begann. Die Bäume auf dem Grundstück fielen dem Bau zum Opfer, allen voran der wunderbare Birnbaum. Für mich war das fast so, wie wenn ich Abschied von einem guten Freund hätte nehmen müssen. Als die Sängerin Alexandra Jahre später mit dem Lied »Mein Freund, der Baum, ist tot« einen großen Erfolg feierte, habe ich immer wieder an diesen wunderbaren Spender so vieler Gaumenfreuden denken müssen.

Das andere Grundstück kauften nach einigem Zögern die blitzgescheiten Pfanzelts. Etwas später entstanden dort mit redlich zusammengespartem Geld und einem Kredit zwei große Häuser, die für sie dann eine wunderbare Altersversorgung waren.

Meine Eltern waren ähnlich klug und »tauschten« später unser Häuschen – da hatte ich schon mein Abitur gemacht – gegen eine Eigentumshaushälfte am

Sendlinger Wald. Den Verkauf der Grundstücke und den Bau des Stemmer-Hauses empfand ich als das sichtbare Ende meiner Kindheit.

Häuser schossen nun an allen Ecken nur so aus der Erde, und unsere geliebten Fußballwiesen wurden immer weniger.

In der achten Klasse war ich in Sport auf einem Zweier angekommen. Großmann, der meinen Ehrgeiz kannte, beauftragte mich, ich solle mich um die Zusammenstellung einer Fußball-Oberstufenmannschaft kümmern. Das war gar nicht so leicht. Viele unserer besten Spieler waren ja vor längerer Zeit meist unfreiwillig von der Schule gegangen, und das Interesse am Fußball war auch bei unseren verbliebenen Stars nicht mehr so groß. Die spielten jetzt lieber Basketball. Ich konnte zwar sogar ein paar gute Spieler aus der Abiturklasse gewinnen, unter anderen den Bayern-Jugendspieler Oskar Beck, den ich noch immer meinen Freund nennen darf. Trotzdem reichte es nicht – unsere Schule schnitt beim Turnier um die Münchner Oberschulmeisterschaft nur mittelmäßig ab.

In der achten Klasse musste ich dann mein erstes Referat in Deutsch halten. Wenn ich mir anschaue, wie früh heute Referate an der Tagesordnung sind, waren wir recht spät daran. Ich hatte mir aus den angebotenen Themen den Dichter Heinrich Heine ausgesucht. Da das Referat wie eine Schulaufgabennote zählte, bereitete ich mich sehr fleißig darauf vor und schrieb alles fein säuberlich im Hackverfahren auf unserer alten Schreibmaschine.

Unser Lehrer hatte jedoch empfohlen, das Referat möglichst frei zu halten. Deswegen beschloss ich, es auswendig zu lernen. Das war eine Menge Arbeit.

Reichlich nervös stand ich dann eines Tages vor der Klasse und begann mit den Worten, die ich mir bis heute gemerkt habe: »Wohl selten hat es in der deutschen Literatur einen Dichter gegeben, der heftiger und nachhaltiger umstritten war als Heinrich Heine.«

Nur einmal kam ich kurz ins Stocken, als der Schwegler eine Grimasse schnitt. Mir fiel genau in diesem Augenblick eine Stelle aus dem Sigi-Sommer-Roman ein. Dort überlegt Leo, was der Lehrer jetzt sagen würde, wenn er beim Aufsagen seines Gedichtes zur Abschlussfeier einfach nicht mehr weitermachte.

Mit dem bei manchen Politikerreden so beliebten »Äh« habe ich die Situation schließlich gemeistert und sogar dem gestrengen Deutschlehrer einigermaßen gefallen. Einer meiner Klassenkameraden meinte: »Bei dem Vortrag bist du ein ganz anderer gewesen als sonst.«

Ja, die sechste Klasse und die Abfragerei des Zamperl hatten mein Selbstbewusstsein nicht gerade aufgebaut. Da kann man sich vorstellen, mit welcher »Freude« ich zur Kenntnis nahm, dass wir in der Abiturklasse wieder diesen Lehrer bekämen, und zwar in Latein, Griechisch und Deutsch.

Der Zamperl begann, wie er in der sechsten Klasse aufgehört hatte. Es hagelte in den ersten Griechisch- und Lateinschulaufgaben nur so Fünfer und Sechser. Zur Halbzeit war die Hälfte der Klasse gefährdet. Danach wurde es etwas besser, aber viele von uns sahen dem Abitur mit großer Verunsicherung entgegen. Bis heute weiß ich nicht, warum mich der Zamperl bei allen Schulaufgaben immer an den exponierten Platz am Pult setzte. Jedenfalls war ich, wie schon angedeutet, aus Angst, erwischt zu werden, ein arg schlechter Spicker. Der Pultplatz bedeutete, dass ich nicht die geringste

Chance hatte, vom Nachbarn, Neben- oder Hintermann nur ein Wort zu erfahren. So kann ich heute wenigstens sagen, dass die in der Regel befriedigenden Noten, die ich damals schrieb, auf meinem Krautacker gewachsen sind. In Deutsch brachte ich es sogar auf einen Zweier.

Mein größtes Problem war aber seit Jahren die Mathematik, weniger die Algebra als Geometrie und Stereometrie. Ich erkläre mir das heute so, dass es mit meinem katastrophalen Orientierungssinn zu tun hat, über den ich ja schon geschrieben habe. Er kann der Grund sein, warum Konstruktionsaufgaben für mich stets eine Qual waren.

Als unser herzensguter Mathematiklehrer Graßl einmal unsere Aufgaben durchsah, blickte er auf mein Blatt, das vom vielen Ausbessern fast durchradiert war, und meinte: »Nun ja, Zöpfl, aber ein wenig mehr Mühe hätten Sie sich schon geben müssen.« Mein Gott, wenn der gewusst hätte, wie lange ich über dem Blatt gesessen und getüftelt habe! Beim nächsten Mal bat ich vor der Stunde den Schwegler, meine Zeichnung zu verbessern. Der nahm einen Radiergummi, radierte alles weg und zeichnete das Gewünschte ohne Lineal und Winkelmesser in einer Minute aufs Blatt. Als unser Graßl jetzt nachschaute, meinte er anerkennend: »Sehen Sie, Zöpfl, in Ordnung, dieses Mal haben Sie sich wirklich Mühe gegeben.«

An eine Bemerkung von Graßl erinnere ich mich aus einem anderen Grund besonders gut. Als er einmal von einem Klassenkameraden gefragt wurde, wie das mit den drei Dimensionen sei und ob es nicht noch mehr gebe, antwortete er: »Das ist eine gute Frage. Aber darauf kann ich dir als Mathematiker und Physiker keine

Antwort geben. Ich glaube, du solltest einmal deinen Religionslehrer fragen.« Dieses Eingeständnis in die Grenzen seiner Wissenschaft hat mich sehr beeindruckt.

Beim Zamperl lasen wir Goethes »Faust«. Alle Daumenlang wurden wir gefragt, wie diese oder jene Handlung der Titelfigur sittlich zu bewerten sei. Von der Schönheit der Sprache, ja selbst von der Bedeutung dieser sittlichen Werte bekamen wir dabei wenig mit. In Erinnerung geblieben ist mir lediglich jene Stelle, an der Faust andeutet, aus der Sinnlosigkeit Konsequenzen zu ziehen, und an Selbstmord denkt. Der Zamperl fragte: »Was hat Faust also vor?«

Ein Mitschüler antwortete aus echter Überzeugung: »Ich glaube, er will sich besaufen.«

Diese Antwort führte zu einer Strafpredigt und der Androhung eines Verweises.

In der neunten Klasse mussten wir mit der traurigen Tatsache fertigwerden, dass unser Religionslehrer Schneller in den Ruhestand gegangen war. Wir bekamen als Nachfolger einen gewissen Dinebier. Der war durchaus lieb, aber furchtbar langweilig. Die Vorbereitung aufs Religionsabitur erfolgte mit Hilfe eines neu erschienenen Buches. Daraus las er Stunde für Stunde ohne Kommentar nur den Stoff vor. Nach Jahren habe ich das Buch irgendwo wieder entdeckt. Ich hatte auf einer Seite mit Bleistift ein »Und« ergänzt und an den Rand geschrieben: »Neues vom Dinebier«.

In dieser Zeit machten meine Freunde und ich einen Tanzkurs. Ein Teil der Klasse hatte ihn schon ein Jahr vor uns in der Tanzschule Sämmer gemacht. Unser Tanzkurs lief über die Pfarrjugend. Er war bedeutend billiger und fand im Pfarrsaal von St. Paul statt. In der Paulskirche bei der Theresienwiese fanden ja auch jedes Jahr unsere Anfangs- und Abschlussgottesdienste statt.

Von unserer Klasse waren bei dem Kurs der Alex, der Helmut, der Heini und ich dabei. Dazu kamen noch ein paar Freunde aus der Pfarrei, namentlich der Gerhard und ein paar Mädchen von der Katholischen Jugend. Zum ersten Mal musste ich, noch etwas schüchtern, ein Mädchen »vorschriftsmäßig« auffordern und es nach dem Tanz wieder an den Platz geleiten. Wir lernten, beim Walzer den Dreivierteltakt laut und dann später leise mitzuzählen, aber auch ein paar moderne Tänze wurden geübt, sogar der gerade groß in Mode gekommene Rock 'n' Roll.

Nach dem Tanzkurs gingen alle von der Pfarrei St. Heinrich gemeinsam über die Theresienwiese nach Hause. Aber die Gemeinsamkeit war mehr als harmlos.

Der Gerhard musste auf Anweisung seiner Eltern immer einen Hut aufsetzen. Der gab auf der »Wiesn« etwas her, und nicht selten spielten wir ohne größeren Protest des gutmütigen Käptn damit Handball.

Später haben uns ein paar Mädchen gestanden, dass sie von uns eigentlich schon ein bisserl was erwartet hatten – und sei es nur ein Händchenhalten.

Die Anwendung des Gelernten ließ aber mangels Gelegenheit einige Zeit auf sich warten. Zur Faschingszeit überraschte uns ausgerechnet der Zamperl mit der Frage, ob wir denn nicht einen Klassenball abhalten wollten. Er bemerkte dazu noch: »Ihr werdet doch hoffentlich schon jemanden dafür haben.«

Das war aber bei den meisten, natürlich auch bei mir, nicht der Fall. Trotzdem erschien aber schließlich – mit der einzigen Ausnahme des Christian – jeder mit einer

Partnerin. Ich hatte meine hübsche Cousine Lilo gefragt, und die hatte nicht lange gezögert, mir aus meiner Verlegenheit zu helfen. Dass mir dann beim Ball niemand das mit der Cousine abnehmen wollte, registrierte ich mit einer gewissen Freude. Ich glaube, sogar der Christian hat sich ein wenig in sie verliebt.

Jetzt ging es mit Riesenschritten aufs Abitur zu. Wir wussten schon, dass wir die Arbeiten im Turnsaal schreiben müssten. Da war genügend Platz für Abstand, damit ja nicht abgeschrieben werden konnte.

Die Abitur-Wochen begannen bei uns im Juli. Wir hatten an fünf Tagen schriftliche Arbeiten zu absolvieren: in Latein, Griechisch, Deutsch, Mathematik und Religion.

Am ersten Tag war Deutsch dran. Ich war sehr erfreut, als ich zur Auswahl ein Thema fand, in dem der Begriff »Freiheit« vorkam. Darauf hatte ich mich nicht zuletzt aufgrund meines philosophischen Interesses vorbereitet. Ich behaupte heute noch, dass ich das Thema wirklich ausführlich und gut dargestellt habe. So war ich über die Beurteilung hernach recht enttäuscht. Ich glaube, der Zamperl hat da was Falsches hineininterpretiert, was gar nicht im Sinn der Themenstellung war. Aber er ritt ja immer auf dem gar nicht intendierten Begriff »innere Freiheit« herum. Ich hätte es wissen müssen.

In Religion gab es überhaupt keine Probleme. Überraschend ging es mir sogar in Mathematik und Geometrie für meine Verhältnisse einigermaßen gut. Bei Latein und Griechisch hatte ich zunächst ein recht gutes Gefühl. Umso mehr überraschten mich dann die nur im Bereich des »Mittelfelds« liegendenNoten.

Im Haus vor uns wohnte, wie gesagt, der Apotheker

Stemmer. Dieser hatte zwei Töchter. Die Ältere machte im gleichen Jahr wie ich das Abitur, allerdings im Anger-Gymnasium. Wir tauschten im Anschluss an die Prüfung unsere Übersetzungen und auch die mathematischen Lösungen aus. Obwohl ich weniger Fehler hatte, bekam sie weitaus bessere Noten. Ja, unsere Prüfer wollten wohl mit Gewalt wieder einmal beweisen, welch strenge Schule das Theresiengymnasium ist. So konnte ich nur froh sein, dass ich im Fortgang nicht gefährdet war und mit einem blauen Auge davonkam.

Insgesamt gesehen wurde das Abitur in diesem Jahr für unsere Klasse zu einem Desaster. Fast die Hälfte musste ins Mündliche. Am Ende ließ man sage und schreibe ein Drittel »durchrauschen«. Einer meiner besten Freunde war auch unter den Opfern. Er erzählte, wie er sich im Mündlichen wie vor einem Tribunal vorkam und bei jedem Fehler mit zynischen Bemerkungen lächerlich gemacht wurde. Mir ist bis heute nicht klar geworden, warum man an unserer biederen Klasse offensichtlich unbedingt ein Exempel statuieren wollte. War unsere vorzeitig erschienene Abiturzeitung »Sybarit« schuld, in der sich einige für damalige Verhältnisse ganz schön gesalzene Artikel fanden? Aber diese Zeitschrift entstammte der Feder unserer B-Klasse – man munkelte, dabei habe sich in erster Linie das kleine Häufchen Mädchen hervorgetan. Unsere Klasse gab – ich war auch beteiligt – nur eine harmlose heitere Zeitung heraus, den »Götz von Berlichingen«.

Der Oberstudiendirektor erklärte, dass er über den »Sybariten« empört sei und dass ein Wort wie »Matura« oder »Reife« für Typen, die so etwas produziert hätten, nicht passend finde. Deshalb verweigerte er eine Abiturfeier.

In den Tagen nach dem Schriftlichen, während unsere Arbeiten korrigiert wurden, fand unser Sportabitur auf dem MTV-Platz beim Waldfriedhof statt. Die Prüfung begann am Mittag. Es war ein glühend heißer Sommertag. Auf dem Programm standen 100-Meter-Lauf, Weitsprung, Kugelstoßen und der abschließende 1000-Meter-Lauf. Ich hatte es, wie schon geschildert, geschafft, mich immer weiter nach vorne zu arbeiten. Jetzt galt eigentlich nur noch einer, der Hubert, als ein besserer Leichtathlet. Im 100-Meter-Lauf war er ein wenig vor mir. Dann kam der Weitsprung. Bei drei Versuchen hatte ich schon zwei ungültige, bis mir im letzten eine einigermaßen vernünftige Weite gelang. Der Hubert sprang etwas besser. Dafür machte ich im Kugelstoßen Boden gut und lag – ich rechnete immer mit – nun nach Punkten gleichauf. Bei Gluthitze startete der 1000-Meter-Lauf. Ich hängte mich an meinen Freund Heini, der unser bester Langstreckenläufer war. Bis etwa 50 Meter vor Schluss folgte ihm eine Dreiergruppe mit dem Hubert, dem Helmut und mir. Obwohl ich schon fast am Ende war, biss ich auf die Zähne, flüsterte mir das »Sisu« zu, von dem ich gehört hatte, dass es sich die damals im Langstreckenlauf so erfolgreichen Finnen als Durchhalteparole zuriefen, und kämpfte zuerst den Helmut und in der Zielgeraden auch den Hubs nieder. Der Heini gewann zwar diese Disziplin, er hatte aber weniger Punkte als ich mitgebracht.

Es mag kindisch klingen, aber dieser Erfolg hat mich für mein Leben geformt. Ich glaube, die anderen haben es gar nicht mitbekommen, dass ich nun die meisten Punkte hatte. Immer wenn später von mir Schwieriges verlangt wurde und ich mich am Ende glaubte, habe ich an den 1000-Meter-Lauf in der Mittagshitze auf dem

MTV-Platz gedacht und mir »Sisu« zugerufen. Ich bin überzeugt, dass das heute bei manchen Jugendlichen nicht sehr ausgeprägte Durchhaltevermögen gerade durch Sport entwickelt werden könnte.

Ja, und dann erfuhren wir unsere Noten. Wir trafen uns anschließend im Café Mariandl in der Goethestraße. Es war ein trauriges Zusammensitzen, auch wenn die Freunde, denen das Abiturzeugnis vom »Tribunal« verweigert worden war, erstaunlich gefasst wirkten. Wir beschlossen dann sogar, eine kleine Abiturfahrt zu machen, an den Lago di Caldonazzo bei Trient. Irgendeiner war mit seinen Eltern schon dort gewesen und erzählte, dass man dort zelten und recht billig leben könne. Ein paar von uns besaßen Zelte.

Drei aus unserer Klasse hatten schon den Führerschein gemacht und bekamen den Wagen ihrer Eltern geliehen. Also konnten zwölf mit dem Auto fahren. Vierzehn wollten insgesamt mit. Darunter sogar der Christian, obwohl es ihn »erwischt« hatte. Noch heute bewundere ich seinen Entschluss. Das Los, mit der Bahn zu fahren, traf ihn und mich. Auch hatten wir kein eigenes Zelt, konnten uns aber ein uraltes Exemplar ausleihen.

Außer nach Österreich war ich bis dato noch nie ins Ausland gekommen. Und so war Italien, das damals von Vico Torriani und anderen in allen möglichen Schlagern besungen wurde, ein geradezu exotisches Ziel.

Wir wurden von unseren Klassenkameraden mit dem Auto vom Bahnhof Triest abgeholt und bauten etwas ungeschickt unser Zelt direkt am Seeufer auf. Anschließend gingen wir zur Kneipe gleich nebenan und bestellten eine billige Nudelspeise. Alle mussten nun auf Klassenbeschluss aus großen Krügen den, wie ein paar wussten, in Italien so preiswerten Rotwein trinken. Ich hatte noch kaum einmal in meinem Leben Wein getrunken, und bei vielen meiner Kameraden dürfte es ähnlich gewesen sein.

Ein feuchtfröhlicher Abend begann. Einige junge Leute sangen immer wieder einen italienschen Ohrwurm. Und nach einiger Zeit grölten auch wir mit: Tralalalalala! Irgendwann wurde ich dann steinmüde, ohne dass der Wein allzu große Wirkung gezeigt hätte. Dem Christian ging es ähnlich. Und so zogen wir uns schweigend in unser Zelt zurück. Nachdem ich eine Stunde geschlafen hatte, wachte ich von dem noch immer an mein Ohr tönenden monotonen Gegröle unserer munter weiterzechenden Klassenkameraden auf. Ich zog, während mein Zeltgenosse schlief, meine Nachtkleidung aus, hüpfte in tiefer Nacht in den See und schwamm ein paar Meter hinaus. Als ich in unsere Behausung zurückkriechen wollte, saß der Christian davor. Er hatte also meine Exkursion verfolgt.

»Bist du nackert geschwommen?«, fragte er.

»Ja, und?«, lachte ich. »Es ist doch stockfinster, und kein Mensch ist in der Nähe.«

Er schüttelte missbilligend den Kopf.

Ähnlich ging es mir mit ihm übrigens, als ich ihn ein Jahr später wieder sah. Ich erzählte ihm, dass ich auf Sylt gewesen sei – die Insel war damals wegen seiner FKK-Strände bekannt –, und darauf bemerkte er ganz bissig: »So, so, du warst ja schon damals am Lago di Caldonazzo ein Saubär.«

Wir fuhren nach ein paar Tagen heim und genossen für Wochen unsere Freiheit unbeschwert von solchen Einrichtungen wie einem Numerus clausus. Wenn es ihn damals schon gegeben hätte, wäre wohl vielen der

Weg zu einem Studium versperrt geblieben, das sie dann mit großem Erfolg beendeten. Unser Jahrgang und der Jahrgang vor uns hatten beispielsweise Koryphäen auf dem Sektor der Medizin hervorgebracht. Etliche Jahre später wären sie aufgrund ihres Notenschnitts gar nicht mehr zum Medizinstudium zugelassen worden!

Die meisten meiner durchgefallenen Klassenkameraden drehten dann ihre »Ehrenrunde« am Theresiengymnasium und bestanden ein Jahr später ihr Abitur. Sie haben fast alle mit Fleiß und Können große Berufskarrieren gemacht. Nur von einem weiß ich, dass er niemals mehr Fuß fasste.

Viele von uns, und dazu gehörte auch ich, wussten nach dem Abitur überhaupt noch nicht, was sie studieren sollten. Wir waren zwar in einer Berufsberatung an der Schule gewesen. Die war aber so nichtssagend, dass wir hinterher weniger wussten als davor. Ich hatte nur ein Ziel vor Augen: Einem bestimmten Lehrer wollte ich es noch zeigen!

50 Jahre danach – ein dankbarer Blick zurück und ein nachdenklicher nach vorn

Ja, so endet jetzt im Jahr unseres 50-jährigen Abiturtreffens mein Kramen im Gedächtnis. Es ist schon merkwürdig, wie viel man einerseits vergisst und wie viel an vermeintlichen Nebensächlichkeiten andererseits im Gedächtnis haften bleibt.

Für den späteren Schulpädagogen stellt sich natürlich dabei die Frage nach dem, was uns in der Schulzeit für später »geformt« hat oder welche Lehrer uns etwas gegeben haben. Ich glaube, diese Frage kann ich nicht beantworten.

Was ich aber tun kann, das ist, im Nachhinein noch einmal Danke zu sagen.

Ganz besonders bedanken möchte ich mich natürlich bei meinen lieben Eltern, die mir in der Schule auch in misslichen Lagen immer zur Seite gestanden sind.

Ein herzliches Vergelt's Gott gehört ebenso einigen Lehrern, wie dem wunderbaren Musiklehrer Adolf Hartmut Gärtner und dem gütigen »Matheser« Erich Graßl, der mich getröstet hat: »Auch wenn du bestimmt kein Mathematiker oder Physiker wirst, du wirst deinen Weg machen.« Dass ich dann in späteren Jahren sogar noch mit einem Thema aus der Physik einen Doktortitel erworben habe, hätte ihn, wenn er es noch erlebt hätte, sicher riesig gefreut.

Ein ganz besonderer Dank gilt natürlich dem guten Hermann Schneller, der mein Fragen nach dem Woher und Warum immer gefördert und der in mir vieles von unserem schönen Glauben hat aufleuchten lassen. Natürlich dem Ludwig Bayerle, dem ich verdanke, dass ich zum großen Erstaunen meiner Kinder die unregelmäßigen lateinischen Verben noch heute konjugieren kann und dass ich meine Antwortrede beim Verleih des Ehrendoktortitels der Lateran-Universität sogar auf Lateinisch halten konnte.

Dann ein ganz großer Dank dem lieben Dr. Großmann. Er hat immer an mich geglaubt. Der Einser in Sport, den er mir trotz Schwächen beim Turnen gegeben hat, war für mich die vielleicht wertvollste Note.

Ja, und nun komme ich zu einem Lehrer, der mir auch viel weitergeholfen hat. Man wird es nicht glauben: der Zamperl. Das »Dir werd ich's noch zeigen« war eine wichtige Motivation für mein Studium! Ich hatte mir vorgenommen, immer, wenn ich etwas geleistet hatte, einen Brief an ihn zu schreiben. Gelegenheiten hätte es ja gegeben – Staatsexamen, Promotion, Habilitation und Ruf an den Lehrstuhl –, aber ich habe es nicht getan. Der Zamperl pflegte, so erfuhr ich, über Jahrzehnte aufopfernd seine bettlägerige Frau. Ich habe ihm später immer wieder eine neue Veröffentlichung von mir, ob wissenschaftlich oder literarisch, in den Briefkasten seines nicht allzu weit von meiner Wohnung entfernt gelegenen Hauses geworfen. Er hat sich in gestochener Schrift ausführlich bedankt. Einmal hat er mich sogar in alter Zamperl-Tradition auf einen stilistischen Fehler hingewiesen. Ein paarmal ist er, schon weit über 90, mit seinem Radl bei uns vorbeigefahren und hat uns einen selbst gebackenen Kuchen vorbeigebracht.

»Ist das aber ein netter Mann«, haben meine Kinder immer gesagt.

Als ich einigen meiner noch lebenden Lehrer vor ein paar Jahren ein neues Buch widmete, habe ich auch seinen Namen dazugeschrieben. Er hat sich riesig gefreut.

Bei seiner Beerdigung – er wurde 103 Jahre – war ich einer der ganz wenigen Theresianer, die an seinem Grab standen, und habe eine Träne verdrücken müssen …

Jetzt, da also dieses Treffen fünfzig Jahre nach unserem Abitur stattfindet, wird mir immer deutlicher, was für einen Einschnitt das bedeutet.

Schon beim Vierzigjährigen hatte mich die Begegnung mit meinen Kameraden, aber vor allem die mit einigen Lehrern, wie ein Blitz getroffen. Unser lieber Robert Großmann, der damals noch lebte, sagte so beiläufig: »Ja, und nun bin ich ein Greis.«

Auch wenn man zu Hause einen Spiegel hat und hin und wieder in ihn hineinschaut, wird die Erkenntnis der Vergänglichkeit selten so deutlich wie bei einem Klassentreffen in späten Jahren. Man geht auf die zu, die man lange nicht mehr gesehen hat, und begrüßt sie zögerlich. »Ja, du müsstest doch der Soundso sein.« Jedes Treffen, das habe ich eingangs schon geschrieben, birgt auch ein Abschiednehmen. Ob es noch zu einem 60. Abiturtreffen kommen wird, und wer wird da wohl nicht mehr dabei sein? Ich habe ein wenig Angst, wenn wir uns dieses Mal zum Abschied die Hand reichen. »Rufen wir uns doch einmal zusammen.« – »Vielleicht sollten wir dieses Mal schon nach fünf Jahren …« Aber es bleibt dabei, der Abschied wird irgendwann endgültig sein.

Beim letzten Treffen hat ein Lehrer gesagt: »Schön, dass ihr alle etwas geworden seid.«

Ja, aber was sind wir denn nun wirklich geworden? Ehemänner, Väter, Opas? Was ist man, wenn man etwas geworden ist? Und was hat dazu wohl alles beigetragen? Eltern, Lehrer, Freunde? Ein Tadel, ein gutes

Wort, eine Erkenntnis? Was ist geblieben? Erinnerungen flackern auf. »Weißt du noch?« – »Ach, richtig.«

Fotos werden gezeigt. »Das war doch der …« – »Wo bin ich denn da drauf?«

Seltsam, dass ich noch immer der bin, der ich auf dem Foto war, obwohl sich mein Körper rein biologisch bereits zehnmal erneuert hat. Was ist's, was uns vom ersten Schrei, ja schon von der Zeugung an zum Ich macht, was ließ und lässt uns Ich sein? Also, wer war ich? Wer bin ich?

Wie oft habe ich mir diese Frage gestellt! Jetzt weiß ich es endlich: Ich bin: ganz schön alt geworden.